老人と海

ヘミングウェイ

越前敏弥＝訳

角川文庫
24002

目次

『老人と海』の舞台 メキシコ湾とキューバの首都ハバナ

老人と海

本作に登場するマノーリンは、原文ではthe boyと表現されていて、これまでの翻訳では、多くの場合「少年」と訳されてきました。

今回の翻訳では、マノーリンを十八歳から十九歳程度と考え、「若者」と訳しています。

そのように判断した根拠については、訳者あとがきでくわしく説明しましたので、よかったらご一読ください。

越前敏弥

その男は老人で、小舟にひとりで乗ってメキシコ湾流で漁をしていたが、この八十四日間、一匹の魚も釣っていなかった。最初の四十日はある若者がいっしょにいた。しかし、釣れない日が四十日つづくと、若者の両親が息子に、あのじいさんはとうとう〝サラーオ〟、つまり不運のきわみに陥ったにちがいないと告げたので、若者は指示に従ってほかの舟に移り、最初の週になかなかの魚を三匹釣りあげた。若者は老人が毎日空っぽの舟でもどるのを見るのがつらく、いつも浜までおりていって、巻いた釣縄(つりなわ)や、手鉤(てかぎ)と銛(もり)、そして帆を巻きつけたマストを運ぶのを手伝った。帆にはそこかしこに粉袋の継ぎがあてられていて、マストに巻かれると、永遠の敗北を知らせる旗のように見えた。

老人はやせて骨張っていて、首の後ろに深い皺(しわ)が刻まれていた。熱帯の海で照り返す陽光のせいで、頬に皮膚癌のたぐいと見まがう茶色の染みがある。染みは顔の両側からかなり下までひろがり、両手には重い魚を釣りあげるときに縄ででできた深い傷がいくつもある。だが、新しい傷はひとつもない。どれも、魚などいない砂漠の浸食跡に劣らぬ古傷だった。

何もかもが古いが、目だけはちがい、海と同じ色で、生気と強靭さをたたえていた。

「サンティアーゴ」小舟を引きあげた岸から土手をのぼりながら、若者が話しかけた。「またいっしょに行けるかもしれないよ。いくらか稼げたから」

若者に漁を教えたのは老人であり、若者は老人を慕っていた。

「だめだ」老人は言った。「おまえはつきのある舟に乗っている。そのまま乗っていろ」

「でも、たしか釣れない日が八十七日つづいたあと、三週間にわたってふたりで毎日大物を釣ったことがあったじゃないか」

「そうだな」老人は言った。「わかっているさ、おまえが舟を移ったのはおれの腕を疑ったからじゃない」

「父さんに言われたからだよ。まだ一人前じゃないから、親に従わなきゃいけないんだ」

「わかっている」老人は言った「あたりまえのことだ」

「父さんは信じるってことができない」

「まあな」老人は言った。「だが、おれたちはちがう。そうだろう？」

「うん」若者は言った。「〈テラス〉でぼくがビールを一杯おごるってのはどうかな。道具はあとで持ち帰ることにして」

「そいつはいい」老人は言った。「漁師仲間だからな」

ふたりが〈テラス〉という店に腰を落ち着けると、多くの漁師が軽口を叩(たた)いてきたが、老人は腹を立てなかった。年配の漁師は、老人を見て不憫(ふびん)に思っていた。しかし、そんなそぶりは見せず、潮の流れや、どれほどの深さで釣縄を流したかや、好天がつづいていることや、何が目についたかなどを話した。釣果のよかった漁師たちがすでに帰ってマカジキを捌(さば)き終え、二枚の板に差し渡して載せたあと、板の両端を持ったふたりの男が魚用の倉庫まで危うい足どりで運んだ。そこから保冷トラックがハバナの市場へ届けることになる。サメを獲(と)った漁師は入り江の対岸にあるサメ処理場へ運び終えていて、そこではサメが滑車で吊(つ)りあげられてから、肝臓を抜かれ、ひれを切られ、皮を剥(は)がれ、やがて塩漬け用の切り身にされる。

風が東から吹くと、サメ処理場のにおいが入り江を渡ってくる。だが、きょうは風が北へ向いてから凪いだせいで、かすかな香りが漂う程度だったので、〈テラス〉は心地よく日差しに包まれていた。

「サンティアーゴ」若者が言った。

「ああ」老人は言った。グラスを片手にずいぶん昔のことを考えていた。

「あすの漁に使うイワシをとってこようか」

「いや。野球でもしてきたらどうだ。おれはまだ漕げるし、網はロヘリオが打ってくれる」

「とってきたいんだよ。いっしょに漁に出られないなら、ほかのことで役に立ちたい」

「ビールをおごってくれたじゃないか」老人は言った。「もう一人前の大人だ」

「最初に舟に乗せてもらったのは、ぼくが何歳のときだっけ」

「五歳だ。おまえは危うく死ぬところだったよ。おれが魚を引きあげるのが早すぎて、舟をばらばらに壊されそうだった。覚えているか」

「覚えてるよ。尾びれがばたついて舟を叩いてたのも、横木が壊れたのも、棍棒で殴りつけた音もね。じいちゃんに船首へ突き飛ばされたら、そこにずぶ濡れの巻いた釣縄があって、舟全体が揺れてる感じで、棍棒で殴る音が木を切り倒してるみたいに聞こえたよ。そこらじゅう、新鮮な血のにおいがした」

「ほんとうに覚えているのか。おれから聞いただけじゃないのか」

「いっしょに出かけた最初の漁の日のことから、全部覚えてる」

老人は日差しで充血した目で、信頼と愛情をこめて若者を見つめた。

「おまえが息子だったら、連れていって賭(か)けに出るだろうな」老人は言った。

「だが、おまえには両親がいて、いまは幸運の舟に乗っている」

「イワシをとってこようか。餌魚(えさざかな)が四匹手にはいる場所も知ってるよ」

「きょうのがまだ残っている。塩漬けにして箱に入れておいた」

「生きのいいやつを四匹とってくるよ」

「一匹でいい」老人は言った。希望と自信をなくしてはいなかった。それどころか、いまや風が吹きだすときのように勢いづいていた。

「二匹」若者は言った。

「じゃあ、二匹」老人は受け入れた。「盗んだものじゃないな？」

「やろうと思えばできたけど」若者は言った。「実は買ったんだ」

「感謝するよ」老人は言った。老人はあまりに朴訥(ぼくとつ)で、いつから自分が腰の低さを身につけたのかなどと考えもしなかった。しかし、自分にそういうところがあるのは気づいていて、それが恥ずべきことでも、真の誇りを失うことでもないのを知っていた。

「いまの潮の流れだと、あすの天気はよさそうだ」

「どこまで行くつもり？」若者は尋ねた。

「沖まで出て、風向きが変わったらもどる。夜明け前には出たいな」

「ぼくのほうも沖へ出るよう親方に頼んでみる」若者は言った。「そうすれば、じいちゃんが大物を引っかけたときに加勢できる」

「あいつはあまり沖へは出たがらないがね」

「そうさ」若者は言った。「だけど、餌をさがす鳥とか、親方には見えないものをぼくが見つけたら、こっちもシイラを追って沖へ出ることになるさ」

「あいつの目はそんなに悪いのか」

「ほとんど見えてない」

「妙だな」老人は言った。「あいつはウミガメ獲りをしたことがないのに。あれは目をやられてしまうんだ」

「でも、じいちゃんはモスキート海岸の沖でウミガメ獲りを何年もやってたけど、目は無事じゃないか」

「おれは変わり者の年寄りだからな」

「だけど、いまもとんでもない大魚と渡り合えるだろ」

「たぶんな。それにいろんな技もある」

「そろそろ道具を運ぼう」若者が言った。「ぼくは投網を持って、イワシを獲ってくる」

　ふたりは舟から道具を運び出した。老人はマストを肩にかつぎ、若者は褐色の頑丈な釣縄を巻いて入れてある木箱と、手鉤と、柄のついた銛を持った。餌箱は船尾に棍棒といっしょに残しておく。棍棒は大魚を舟の横に寄せたときに弱らせるためのものだ。老人の道具を盗もうとする者などいないだろうが、帆や重い釣縄は夜露に濡れるとよくないから、持ち帰ったほうがいい。村の連中に盗まれたりしないと信じていたものの、手鉤や銛を舟に置き残せば無用な出来心を招きかねないと本人も考えていた。

　ふたりは老人の小屋へ向かう道をいっしょに歩き、あいたままの戸口からはいった。老人は帆を巻きつけたマストを壁に立てかけ、若者はそのそばに木箱やほかの道具を置いた。マストの長さは、ひと間しかない小屋の長辺にどうにかおさまる程度だ。小屋はグアノというダイオウヤシの硬い葉でできていて、ベッドとテーブルと椅子がひとつずつあり、土間には炭で煮炊きのできる場所もある。丈夫な繊維質であるグアノの葉を重ね合わせた茶色の壁には、イエスの聖心の図とコブレの聖母マリア像との彩色画があった。どちらも妻の形見だ。以前は色づけされた妻の写真もあったが、見るとさびしくなるので取りはずし、いまは隅の棚に置いて、洗ったシャツをかぶせてある。

「食べるものは？」若者は尋ねた。

「鍋（なべ）に魚入りのイエローライスがある。食べるか」

「ううん、家で食べるよ。火を熾（おこ）そうか」

「いや、あとで自分でする。冷めたまま食べてもいい」

「投網を借りてもいいかな」

「もちろん」

投網はすでになく、若者は売り払ったときのことも覚えていた。けれども、ふたりは毎日この芝居を繰り返していた。鍋にイエローライスと魚がないことも若者は知っていた。

「八十五は幸運の数だ」老人は言った。「身の部分だけで重さ千ポンド以上ある大物をおれが持ち帰るところを見たいだろう？」

「投網でイワシを獲ってくるよ。戸口にすわって日光浴でもしてたらどうかな」

「ああ。きのうの新聞があるから、野球の記事でも読もう」

きのうの新聞の話も芝居なのかどうか、若者にはわからなかった。しかし、老人はベッドの下から新聞を取り出した。

「酒場（ボデガ）でペリコがくれたんだ」老人は説明した。

「イワシを獲ったらもどってくる。ふたりぶんを氷に載せておくから、あすの朝分けよう。もどったら野球の結果を教えてよ」

「ヤンキースが負けるわけがない」

「でも、クリーヴランド・インディアンスも手強（てごわ）いよ」

「ヤンキースを信じることだ。偉大なディマジオ（おもに一九三〇年代・四〇年代に活躍した伝説の強打者。シーズンMVPを三回獲得）がいるんだから」

「デトロイト・タイガースとクリーヴランド・インディアンスも要注意だ」

「そんなに弱気じゃ、シンシナティ・レッズやシカゴ・ホワイトソックスまでこわがることになるぞ」

「記事をしっかり読んで、ぼくがもどったら教えてよ」

「そうだ、末尾が八十五の宝くじを買うのはどうだろう。あすは八十五日目だからな」

「いいかもね」若者は言った。「でも、じいちゃんには八十七という大記録があるじゃないか」

「あんなことは二度とない。末尾が八十五のやつを買うことはできるのか」

「できると思う」

「一枚頼む。二ドル半だな。借りるあてはあるのか」

「簡単だよ。ぼくならいつだって、二ドル半ぐらい借りられる」

「おれも借りられるさ。でも、借りないようにしている。一度借りたら、いずれは物乞(ものご)いだ」

「体を冷やさないようにね、じいちゃん」若者は言った。「もう九月だから」

「大物と出くわす月だ」老人は言った。「五月ならだれでも漁師をやれるがな」

「じゃあ、イワシを獲ってくる」若者は言った。

若者がもどると、老人は椅子にすわったまま眠っていて、日は沈んでいた。若者はベッドから古い軍用毛布を持ってきて、椅子の背から老人の肩に掛けてやった。不思議な肩だった。ずいぶん老いているのに、いまもたくましく、首もまだしっかりしている。眠っていて頭を垂れているので、皺もあまり目立たない。何度も継ぎはぎされたシャツは本人の舟の帆を思わせ、日差しゆえに色褪せて濃淡ができている。さすがに顔はすっかり老けこんでいて、両目を閉じるとまったく生気が感じられない。膝の上に新聞がひろげられ、夕暮れの風を受けながらも腕の重みで動かない。老人は裸足だった。

若者はそのまま去り、もう一度もどったときも老人はまだ眠っていた。

「なあ、起きなよ、じいちゃん」若者は老人の膝に手を置いた。

老人は目をあけ、一瞬ののちにはるか彼方から帰ってきた。それから微笑んだ。

「なんだ、それは」老人は尋ねた。

「夕食だよ」若者が言った。「いっしょに食べよう」

「あまり腹が空いていない」

「さあ、食べよう。漁に出るなら食べなきゃ」

「食べずに出たこともある」老人はそう言って立ちあがり、手に持った新聞をたたんだ。つづけて毛布もたたもうとする。

「毛布は掛けておきなよ」若者は言った。「ぼくが生きてるあいだは、食べずに漁に行くなんてことはさせない」

「なら、長生きしてくれ、体に気をつけてな」老人は言った。「何を食おうというんだ」

「黒豆入りのライスと、揚げたバナナ、それにシチュー」

若者は〈テラス〉の料理を入れた二段重ねの金属容器を持ってきていた。ふたりぶんのナイフとフォークとスプーンが紙ナプキンに包まれてポケットにはいっている。

「だれからもらった？」

「マーティン。店主の」

「礼を言わないとな」

「お礼ならもう言ったよ」若者は言った。「もう必要ないさ」

「大物が釣れたら、あいつには腹の身をやろう」老人は言った。「こういうことははじめてじゃないのか」

「まあね」

「じゃあ、腹の身のほかにも何かやらんとな。ずいぶん気にかけてくれたわけだから」

「ビールも二本くれた」

「ビールは缶がいちばんだ」

「そうだね。でも、これは〈アトゥエイ〉の瓶ビールだ。瓶はぼくがあとで返しにいくよ」

「それはありがたい」老人は言った。「では、食べるか」

「ずっとそう頼んでたじゃないか」若者は柔らかな声で言った。「いいと言ってくれるまで、容器をあけたくなかったんだ」

「ああ、いいぞ」老人は言った。「手を洗う時間がほしかっただけだ」

どこで手を洗うというのか、と若者は思った。村の水場まで行くには、通りを二本渡る必要がある。ここへ水を運んできてやらなきゃいけないんだ、と思った。それに石鹸（せっけん）やタオルも。なぜ自分はこんなに気がきかないのか。シャツをもう一枚と冬用の上着、それに何か履くものと毛布をもう一枚持ってこなくては。

「すごくうまいな、このシチュー」老人は言った。

「野球の話をしてよ」若者はせがんだ。

「アメリカン・リーグじゃ、おれが言ったとおり、やっぱりヤンキースだ」老人はうれしそうに言った。

「きょうは負けたよ」若者は言った。

「それがどうした。偉大なディマジオが調子を取りもどしたんだぞ」

「ほかにもいい選手がいるじゃないか」

「それはそうだ。でも、ディマジオは別格なんだよ。もうひとつのリーグのほうはブルックリンとフィラデルフィアの争いだが、これはブルックリンでまちがいない。だが、思い出すのは、フィラデルフィアのディック・シスラーだ。ハバナの昔の球場でみごとなあたりを何発も打っていた（当時の大リーグのチームのいくつかは毎年キューバで交流試合などをおこなっていた）」

「あれはすごかったね。これまで見たなかでいちばんの飛距離だった」

「〈テラス〉によく来ていたのを覚えているか。釣りに誘いたかったけれど、気後れして声をかけられなかったよ。それでおまえに誘わせようと頼んだが、おまえも度胸がなかった」

「そうだったな。大失敗だったよ。いっしょに行ってくれたかもしれない。そうなったら一生の思い出になったのに」

「偉大なディマジオも漁に連れていきたいものだ」老人は言った。「父親が漁師だったらしい。たぶんおれたちに劣らず貧しかったろうから、わかってくれるさ」

「偉大なシスラーの父親は貧乏じゃなかった。ぼくぐらいの歳でもう大リーグの試合に出てたんだから（ディック・シスラーの父親のジョージ・シスラーも大リーグの有名選手だった）」

「おれがおまえの歳のころは、アフリカへ行く横帆船の下っ端船員で、夕方には浜辺にいるライオンの群れを見ていたよ」

「知ってる。前にも聞いたよ」

「アフリカの話と野球の話、どっちがいい？」

「野球だな」若者は言った。「偉大なジョン・J・マグローの話をしてよ」若者はJを〝ホタ〟と発音した。

「やつも昔は〈テラス〉によく来ていたよ。だが、酒を飲むと、荒れて乱暴な口をきき、手に負えなかった。野球に劣らず競馬のことで頭がいっぱいでな。いつもポケットに出馬表を入れていて、しじゅう電話で馬の名前を口にしていた」

「名監督だったんだよね」若者は言った。「最高の監督だったって、父さんが言ってる」

「ここに来た回数が際立って多かったからな」老人は言った。「もしドローチャーが毎年ここへ来ていたら、おまえの親父さんはあの男こそ最高の監督だと言うだろうよ」

「実のところ、だれがいちばんの監督なんだろう。ルケかな、マイク・ゴンザレスかな」

「そのふたりはいい勝負だ」

「いちばんの漁師はじいちゃんだけど」

「いや。もっと腕のいいやつが何人もいる」

「とんでもない」若者は言った。「いい漁師はたくさんいるし、偉大なのも何人かいる。だけど、じいちゃんが最高さ」

「ありがとうよ。うれしいことを言ってくれる。とてつもなく大きな魚が現れて、いま言ったことがまちがいだったなんてことにならないといいんだが」

「じいちゃんが丈夫なうちに、そんな魚が現れるはずがない」

「思っているほど丈夫じゃないかもな」老人は言った。「だが、いろいろと秘訣（ひけつ）を知ってはいるし、腹が据わってもいる」

「そろそろ寝たほうがいいよ、あすの朝すっきり起きられるようにね。容器はぼくが〈テラス〉に返しておく」

「じゃあ、おやすみ。朝は起こしにいってやろう」

「じいちゃんはぼくの目覚まし時計だ」若者は言った。

「おれの目覚まし時計はこの歳さ」老人は言った。「なぜ年寄りは朝早く目覚めるんだろうな。一日を長くしたいからなのか」

「さあね。若いときぎりぎりまでぐっすり寝てるのはたしかだけど」

「そうだな、覚えがある」老人は言った。「間に合うように起こしてやるよ」

「親方には起こされたくないんだ。半人前みたいだろ」

「そうだな」

「しっかり寝てくれよ、じいちゃん」

若者は出ていった。ふたりが食事をしたテーブルに明かりはなく、老人は暗いなかでズボンを脱いでベッドへ向かった。ズボンをまるめ、中に新聞紙を突っこんで枕にする。毛布にくるまり、スプリングに別の古新聞をかぶせてあるベッドで眠りに就いた。

老人はすぐに寝入り、若いころに行ったアフリカの夢を見た。どこまでも延びていく金色の砂浜とまぶしくて目が痛い白い砂浜、高く連なる岬、雄大な褐色の山々。いまでは毎夜この海岸沿いに暮らし、夢のなかで、打ち寄せる波のとどろく音を聞き、波間を抜けて現れる現地の人々の舟をながめていた。眠りながら甲板のタールや隙間材のにおいを感じ、朝方には陸風が運ぶアフリカの香りを嗅ぎとった。

ふだんは陸風のにおいで目を覚まし、着替えて若者を起こしに出かける。だが、今夜は陸風のにおいがずいぶん早く訪れ、夢のなかでこれは早すぎると気づいたので、夢のつづきを見ていると、カナリア諸島の白い峰々が海にそびえるさまが見え、やがてその島々にあるさまざまな港や投錨地(とうびょうち)が現れた。

いまはもう嵐の夢を見ることはなく、女たちも大事件も大魚も喧嘩(けんか)も力比べも妻も夢に出てこない。現れるのはさまざまな土地と、浜辺に集まったライオンだけだ。薄闇に包まれて子猫のように戯れるライオンたちを、老人は若者と同じくらい愛(いと)おしく思った。若者の夢を見たことはない。老人はふと目を覚ますと、あいたままの戸口から月を見やり、まるめてあったズボンをもとにもどして穿(は)いた。小屋の外で小便をしたあと、若者を起こすために小道をのぼっていった。朝の冷気で体が震える。だが、震えているうちに体があたたまることも、じきに海へ漕(こ)ぎ出すこともわかっていた。

若者の住む家には鍵(かぎ)がかかっていないので、老人は戸をあけ、裸足(はだし)のまま静かに歩み入った。若者はいちばん手前の部屋の簡易ベッドで寝ていて、薄れゆく月明かりでも姿がはっきりと見えた。片足をやさしくつかんで、そのまま動かずにいると、若者が目を覚まして顔を向けてきた。老人はうなずき、若者はそばの椅子からズボンをとって、ベッドにすわったまま穿いた。老人はまだ眠たそうな若者の肩に腕をまわして言った。「すまんな」

「とんでもない」若者は言った。「男なら当然だよ」

ふたりで老人の小屋までおりていく途中、暗がりのなかで裸足の男たちがマストをかついで運んでいた。

小屋に着くと、若者は巻いた釣縄のはいった木箱と、銛と手鉤を手に持ち、老人は帆を巻いたマストを肩にかついだ。

「コーヒーを飲もうか」若者が尋ねた。

「舟に道具を積んでからにしよう」

ふたりは漁師相手に早朝からあけている店で、コンデンスミルクの缶にはいったコーヒーを飲んだ。

「よく眠れた？」若者は訊いた。まだ眠気を振り払えずにいたが、目が覚めかけてはいた。

「眠れたよ、マノーリン」老人は言った。「きょうはきっとうまくいく」

「ぼくもそう思う」若者は言った。「じゃあ、イワシを獲ってくるよ、じいちゃんのとぼくのを。生きのいい餌魚もね。親方は道具を自分で持っていくんだ。だれにも何ひとつ運ばせない」

「おれたちはちがう」老人は言った。「おれはおまえが五歳のときから運ばせていた」

「覚えてるよ」若者は言った。「すぐもどる。コーヒーをもう一杯飲んでてくれ。ここは、つけがきくんだ」

若者は歩きだすと、珊瑚（さんご）でできた岩場を裸足で進んでいき、餌を保存してある氷室（ひむろ）へ向かった。

老人はコーヒーをゆっくりと飲んだ。きょう一日、腹に入れるのはこれだけになるから、飲んだほうがいいのはわかっていた。ずいぶん前から、食事をとるのが億劫（おっくう）になり、昼食を持たずに出かける。船首に水入りの瓶を一本置くことにしていて、一日過ごすにはそれでじゅうぶんだった。

若者が新聞紙に包んだイワシと二匹の餌魚を持ってもどったので、ふたりは小石混じりの砂を足裏に感じながら、坂をくだって小舟まで歩き、それから舟を持ちあげて、滑らせるように海へ押し出した。

「幸運を祈ってるよ、じいちゃん」

「お互いにな」老人は言った。オールにある縄の結び目を舟べりのオール受けに差し入れ、前かがみになって水圧に抗（あらが）いながら、まだ暗い港を外海へ漕ぎ出した。ほかの浜からも舟が何艘（そう）も出ていく。月が山陰に沈んだので老人には見えなかったが、オールを漕ぐ音は耳に届いた。

　ときどき話し声がする舟もある。だが、大半は静かで、聞こえるのはオールで水を掻（か）く音だけだった。港湾の口を出ると、舟は四方へ散り、それぞれに獲物を求める漁場へ向かう。きょうは遠出をするつもりなので、老人は陸のにおいをあとにして、すがすがしい早朝のにおいがする大海原へ漕ぎ出した。メキシコ湾の海藻ホンダワラが水中で発する燐光（りんこう）が目にはいり、やがて漁師たちが大井戸と呼ぶ海域に差しかかった。そこは水深が急に七百尋（ひろ）（約一千二百七十メートル。一尋は一・八メートル余り）に達するところで、潮流が海底の絶壁にぶつかって渦が生じるので、あらゆる種類の魚が集まってくる。そこかしこに小エビや餌魚が群れ、ときには深海にイカの集団が生息し、夜にはそれらが海面近くまで浮かびあがって、回遊している魚たちの餌食（えじき）となっていた。

　暗がりのなか、老人が朝の訪れを感じながら舟を漕いでいると、水面から跳ねるトビウオが身を震わせる音が、そして両の翼を力強くひろげて闇へ飛翔（ひしょう）する鋭い音が聞こえた。海の仲間として、老人はトビウオが大好きだった。鳥のことは気の毒に思っていて、とりわけ、小さく華奢なクロアジサシは目を配って飛んでいるのに餌にありつくことがほとんどないのが哀れで、餌を横どりする鳥や大きく頑丈なやつらを除けば、鳥の暮らしは人間より大変そうだと老人は感じていた。海はひどく冷酷になることがあるのに、なぜ鳥はアジサシのように繊弱な生き物として創られたのか。海はやさしく、実に美しい。だが、ひどく冷酷になるときもあり、それは突然のことなので、かぼそく悲しい声で鳴きながら飛び、水面をかすって餌にありつく鳥たちは、海に対してあまりにも弱い。

老人の頭のなかで、海は一貫して〝ラ・マール〟だった。スペイン語では、海を愛する者は女性名詞と見なしてそう呼ぶ。海を愛する者でもときには海を悪しざまに言うが、その場合も女性に見立てたままだ。若い漁師のなかには、ブイを釣縄の浮きとして使ったり、サメの肝臓で得た大金でモーターボートを買ったりする者もいて、その連中は海を男性名詞と見なして〝エル・マール〟と呼ぶことがある。海を競争相手、ただの場所、あるいは敵とさえ考えているのだ。しかし老人の考えでは、海はつねに女性で、大いなる恵みを与えも出し惜しみもする存在であり、海が荒々しいことや邪悪なことをしても、それは避けようがないからだ。海は人間の女と同じように月の影響を受けるものだ、と老人は思っていた。

老人は調子よく舟を漕いでいたが、それが苦にならないのは、無理のない速度を保ち、たまに潮が渦を巻くのを除けば海面が静かだったからだ。漕ぐ力の三分の一を潮の流れにまかせて進み、明るくなりはじめたころには、この時分に予定していた場所よりも沖へすでに出ていた。

この一週間、大井戸で漁をしてきたが、何もかかっていない、と老人は思った。きょうはカツオやビンナガマグロが群れているあたりへ出たら、大物も交じっているかもしれない。

夜が明けきる前に餌の仕掛けを海に投げ入れ、舟を潮の流れにまかせた。一番目の餌は四十尋の深さに置いた。二番目は七十五尋、三番目と四番目は百尋と百二十五尋の青い深海に垂らした。餌魚はどれも頭を下にして釣り針の軸を身に通して、しっかりと縄で縛ってあり、針の先端は、曲がった部分もとがった部分も新鮮なイワシで覆った。どれも両目を刺され、まるで半円形に鋼鉄に束ねたイワシの花冠のようだ。大きな魚がやってきても、針の全体からうまそうなにおいと味しか感じとれまい。

若者から新鮮な小ぶりのマグロ、つまりビンナガを二匹もらっていて、それを深く沈めたほうの二本の釣縄に重りのように吊してある。ほかの二本につけたシマアジと大きなクロカイワリは新しくないが、状態はまだじゅうぶんよく、針先の上等のイワシからよいにおいが移って獲物を引き寄せるだろう。釣縄はどれも直径が太めの鉛筆ほどで、輪を作って生木の小枝を通してあり、魚が餌にふれたり引いたりすればその小枝が沈んでわかる。どの釣縄も四十尋の予備が二巻あり、ほかの予備の縄にもつなげるので、いざとなったら魚を三百尋以上追うこともできる。

いま老人は、舟べりの向こうにある三本の小枝の沈み具合に目を配りながら、それぞれの釣縄がまっすぐ垂れて適切な深さを保つよう、舟を静かに漕いでいた。すっかり明るくなり、いつ日が出てもおかしくない。

太陽が海からわずかに顔を出すと、海面すれすれにほかの舟が何艘か見えた。ずいぶん岸に寄っていて、潮流のあいだに散らばっている。やがて太陽が輝きを増して、海面をまばゆく照りつけ、その後はっきり姿を見せると、平らな海に照り返した光が目に届いて鋭い痛みを覚えたが、老人は顔をそむけて舟を漕いだ。海を見おろし、真っ暗な深みへまっすぐおりていく釣縄に目を凝らす。縄をまっすぐに保つことにかけてはだれよりも長けているから、暗い潮流のなかの望みどおりの深さにそれぞれの餌を正確に置いて、そこを泳ぐ魚を待ち受けることができる。ほかの漁師の場合は釣縄が潮流に押し流され、百尋のつもりが六十尋の深さになっていたりする。

だが、自分はそれらを正確な場所に保てる、と思った。ずっと運がないだけだ。とはいえ、先のことはわからない。きょうにも幸運が訪れるかもしれない。毎日が新しい日だ。運に恵まれるに越したことはない。しかし、とにかく事を正確に進めることだ。そうすれば、運が向いたときに準備が整っている。

太陽は二時間ぶんの高さまでのぼり、東を向いてもさほど目が痛くない。いまでは視界にはいる舟は三艘だけで、どれも彼方（かなた）の沿岸で海面に張りついている。

これまでの長い人生で、明け方の太陽にずっと目をやられてきたものだ、と老人は思った。それでも、まだしっかり見える。夕方には太陽をまっすぐ見ても目がくらまない。夕刻の日差しにもいっそうの力強さがあるが、目が痛くなるのは朝だ。

ちょうどそのとき、長く黒い翼を持ったグンカンドリが前方の空を旋回しているのが見えた。翼を後方へなびかせて斜めに急降下し、それからまた旋回をはじめる。

「何か見つけたな」老人は声に出して言った。「ただながめているわけじゃあるまい」

舟をゆっくりと着実に漕ぎ、鳥が旋回しているほうへ進んだ。急ぐことなく、釣縄はまっすぐ下へ垂らしたままだ。潮の流れに少し乗って、鳥を目印にする前より動きが速くなったが、釣縄の位置は正確に保っている。

鳥はさらに空高く舞いあがり、翼を動かさないまま、もう一度旋回した。それから急降下すると、トビウオの群れが海から湧きあがって、水面の上を飛んでいくのが見えた。

「シイラか」老人は声に出して言った。「でかいシイラだ」

オールを舟にあげ、船首の下から短い釣縄を取り出した。縄にはワイヤーの鉤と中くらいの針がついていて、そこに餌のイワシを掛ける。舟べりからそれを垂らし、反対の端を船尾の輪状の金具にくくりつけた。それから別の縄にも餌をつけ、巻いて船首の板の陰に置いておく。また舟を漕ぎはじめ、長く黒い翼を持った鳥がいまでは海面近くを飛んでいるのを見守った。

じっとながめていると、鳥は翼を傾けて急降下し、翼を荒々しく大げさに動かしてトビウオを追った。そのとき、海面がわずかに盛りあがり、大きなシイラが何匹か現れて、逃げるトビウオを追うのが見えた。飛翔するトビウオの下をシイラが水を切って勢いよく追いかけ、トビウオが着水すれば高速で水中を追うのだろう。このシイラは大群だぞ、と老人は思った。群れは大きくひろがっていて、トビウオが逃げきる見こみはほとんどない。見こみがないのは鳥も同じだ。鳥にとって、トビウオは大きすぎるし動きが速すぎる。

トビウオが何度も跳ねあがり、鳥がそれをむなしく追うのを老人は見つめていた。シイラの群れも去ってしまったな、と思った。あまりに速いから、とてもついていけない。だが、はぐれた一匹ならつかまえられるかもしれないし、念願の大物がそのまわりにいるかもしれない。きっと近くにいるはずだ。

陸地の上空にかかる雲が山のようにそびえ立ち、沿岸は一本の長い緑の線にすぎず、くすんだ青の稜線(りょうせん)が背後に控えている。海はいまや濃紺で、紫に近い。見おろすと、暗い水のなかに赤い粉を散らしたかのようにプランクトンが漂い、この時刻の日差しが奇妙な輝きを生み出している。老人は釣縄がまっすぐ下へ延びて水中へ消えていくのを確認し、これだけたくさんのプランクトンがいるのをうれしく思った。これなら魚も多い。太陽がかなりのぼったいま、日差しが水中で奇妙な輝きを生み出すのは好天を意味し、それは陸地にかかる雲の形からもわかる。だが、鳥はもう視界からほぼ消えていて、いま海面に見えるものと言えば、日に焼けて黄ばんだホンダワラがところどころに集まっているのと、舟べりに漂うカツオノエボシのゼラチン状の浮袋が形を保ちつつ紫や玉虫色にきらめくさまだけだ。そのクラゲは横倒しになったものの、やがてひとりでに立ちなおった。泡のごとく楽しげに浮かんでいるが、猛毒を持つ長い紫の触手が、水中の一ヤードの深みで何本もたなびいている。

「アグア・マーラ（aguamala は「クラゲ」の意、agua mala は「悪い水」の意）」老人は言った。「売女め」

軽く体をひねってオールに寄りかかり、水中をのぞきこむと、クラゲの長い触手に似た色の小魚たちが、触手のあいだや漂う浮袋の陰の下を泳ぎまわっているのが見えた。この魚に毒は効かない。だが、人間の場合はそうもいかず、釣りをしているとき、触手がいくらか釣縄にからんで紫のぬめりが残ると、腕や手に漆にかぶれたような腫れ物ができて痛くなる。クラゲの毒はすぐにまわり、鞭で打たれたような激痛が走る。

その虹色の泡は美しい。だが、それは海でいちばんの不届き者であり、老人は大きなウミガメがそれを食べるのを見るのが大好きだった。ウミガメはクラゲを見つけると正面から近づき、目を閉じてしっかり身構えてから、触手でもなんでも食べる。老人はウミガメがクラゲを食べるところを見るのも好きだが、嵐が去ったあとの浜辺を歩きながら、硬い足裏でクラゲを踏んだときのはじける音を聞くのも好きだった。

特に気に入っているのは、動きが優雅ですばやく、ずいぶん値打ちのあるアオウミガメとタイマイであり、図体が大きくて間抜けなアカウミガメに対しては、ばかにしつつも親愛の情を覚えていたが、それは黄色い甲羅で武装して、おかしな恰好で交尾をし、目を閉じてカツオノエボシを楽しげに食べるからだった。

ウミガメ獲りの舟に何年も乗ってきたが、ウミガメに神秘を感じたことはない。どの種にも憐れみを覚え、小舟ほどの体長で一トンもの重さがある巨大なオサガメに対してすらそう思っていた。切り刻まれてただの肉になっても、まだ何時間も心臓が脈打つので、ウミガメに同情する者は少ない。だが老人は、自分の心臓も同じだし、手足だって似たようなものだろう、と感じていた。精をつけるために、ウミガメの白い卵を食べることにしていた。まぎれもない大物の魚に立ち向かう九月と十月に備えて、五月はずっとそれを食べていた。

サメの肝油も毎日一杯飲んでいて、それは漁師たちがよく道具置き場にする小屋の大きなドラム缶にはいっていた。どの漁師でも飲めるように、そこにあるのだ。ほとんどの漁師はその味をきらっていた。けれども、早起きのつらさに比べればましであり、風邪や流感の予防にもなるし、目にもよかった。

　見あげると、例の鳥がまた旋回していた。

「魚を見つけたな」声に出して言った。海面から飛び出すトビウオはいないし、餌となる小魚が泳ぎまわっているわけでもない。だが、じっと見ていると、一匹の小さなマグロが空中に跳ねあがり、身をひるがえして頭から海へ突っこんだ。日を浴びて銀色に輝くそのマグロが水中にもどると、四方八方でほかのマグロがつぎつぎに跳びあがり、水を搔(か)き乱しながら、餌となる小魚の群れに向かって大きく跳躍した。まわりを取り囲んで追い立てている。

　やつらの動きがもう少し遅ければこちらから突っこんでいくのに、と老人が思いながら見守っていると、マグロの一団が水を白く波立たせ、あわただしく海面へ押しあげられた小魚の群れに向かって鳥が急降下した。

「あの鳥のおかげで大助かりだ」老人は言った。ちょうどそのとき、輪にして足で踏んでいた船尾の釣縄がぴんと張るのがわかったので、オールから手を離し、縄をしっかり握ってたぐると、小ぶりのマグロが身を震わせて抗(あらが)う手応(てごた)えがあった。さらにたぐると、ますます激しく暴れ、水中に青い背と金色の横腹が見えたので、へりから舟のなかへ引きあげた。日差しを浴びて船尾に横たわるマグロは、体が引き締まって弾丸さながらで、うつろな大きい目を見開いたまま、形のよい尾びれを小刻みにすばやく揺るがして、舟板におのれの最後の命を叩きつけていた。老人はその頭に慈悲の一撃を加え、体を船尾の日よけの下へ蹴飛ばしたが、相手はまだ小さく震えていた。

「ビンナガだ」老人は声に出して言った。「みごとな餌になる。十ポンドはあるだろう」

いつからひとりごとを口にするようになったのか、覚えていなかった。昔はほかにだれもいないと歌っていたし、小型漁船やウミガメ獲りの舟で夜にひとりで見張りとして舵をとったときもよく歌ったものだった。おそらく、ひとりごとを言うようになったのは、単独で漁をするようになったとき、つまり、マノーリンが舟に乗らなくなったときからだろう。だが、よく覚えていなかった。あの子とふたりで漁に出たとき、必要なこと以外はほとんどことばを交わさなかった。話すのは夜や、悪天候で立ち往生したときくらいのものだった。海では無駄話をしないのが美徳とされていて、老人もつねにその考えを尊重してきた。しかし、いまはだれに迷惑をかけることもないから、思いついたことをしじゅう口に出す。

「こんなふうにしゃべっているのをだれかが聞いたら、頭のおかしなやつだと思うだろうな」声に出して言った。「でも、おかしくなんかないんだから、かまうことはない。それに、金持ちの連中だって、舟に置いたラジオにしゃべらせて、野球を聞いているじゃないか」

いまは野球のことを考えるときではない、と老人は思った。いま考えるべきことはただひとつ。自分はそのために生まれてきた。あの群れのまわりに大物がいるかもしれない。さっき釣りあげたのは、小魚を食っているあいだに群れからはぐれたビンナガだ。とはいえ、あの群れはずいぶん遠のいたし、動きが速い。きょうは海面に現れるあらゆるものがやけに速く北東へ動いている。時刻のせいなのだろうか。それとも、自分が知らないだけで、天気が変わる何かの前ぶれだろうか。

もう沿岸の緑は見えなかったが、青い山々の頂が冠雪のように白く見え、雲はその上にそびえる高い雪山を思わせた。海は真っ暗で、光が水中で虹色の輝きを生み出している。高くのぼった太陽の光を浴びて、プランクトンの無数の斑点が掻き消され、いま老人に見えるのは、青い海の深みにひろがる虹色の光と、一マイルの深さの海中へまっすぐ延びていく数本の釣縄だけだった。

マグロの群れは海中深くへもどった。漁師たちは、マグロの仲間をすべてひとくくりにマグロと呼び、売ったり餌魚と交換したりする段になってはじめて個別の名前で呼ぶ。日差しが熱くなり、老人はそれをうなじで感じながら、漕（こ）ぐたびに汗が背中をしたたり落ちるのも感じていた。

舟をただ流れにまかせてひと眠りしようか、と考えた。釣縄の輪を足指にからめておけば、いざというときに目が覚める。だが、きょうは八十五日目で、しっかり釣果をあげなくてはいけない。

釣縄を見つめていたそのとき、突き出た緑の小枝の一本が水中に激しく引きこまれるのがわかった。

「よし」老人は言った。「よし」オールをへりにぶつけないようにして舟のなかへ引きあげる。釣縄に右手を伸ばし、親指と人差し指でそっとはさんだ。引きも重みも感じられないが、縄を軽くつかんだままでいる。すると、また来た。今回は探るような引きで、粘り強さも重みもなく、老人にはその意味がはっきりわかっていた。百尋（ひろ）の深さで、マカジキがあの餌を、小さなマグロの頭から突き出た手製の針の先端に並んだイワシを食べているのだ。

老人は釣縄を左手で静かに注意深く持ち、縄から小枝をはずした。これで相手に引きを感じさせないまま、こちらは指のあいだから縄を繰り出していける。

この季節にこれほど沖合にいるのは、きっと大物にちがいない、と思った。さあ、食え、魚よ。さあ、食え。どうか食べてくれ。餌はすこぶる新鮮で、おまえは六百フィート下の冷たく暗い水のなかにいる。闇のなかをもうひとまわりし、もどって餌を食べろ。

かすかな引きのあと、もっと強い引きが来た。針からイワシの頭を食いちぎるのが難儀だったにちがいない。その後、反応がなくなった。

「おい、どうした」老人は声に出して言った。「もう一度まわってこい。においを嗅いでみろ。うまそうだろう？　イワシを食べつくしたら、つぎはマグロだ。身が引き締まって冷ややかで、すばらしいぞ。遠慮は無用だ。さあ、食え」

親指と人差し指のあいだにはさんだ釣縄を見て待ちながら、ほかの釣縄に相手が近づくのではないかと目を配った。すると、さっきと同じ探るような弱い引きがあった。

「食いつくぞ」老人は声に出して言った。「どうか食いつきますように」

しかし、食いつかなかった。どこかへ逃げたのか、手応えがまったくなくなった。

「逃げたはずがない」老人は言った。「そんなことはありえない。ひとまわりしているんだろう。前に釣り針にかかったことがあって、それを思い出したのかもな」

すると、釣縄に軽い引きが来て、老人は安心した。

「まわっていただけだ。さあ、食いつくぞ」

弱い引きに喜んでいると、やがて強烈な、信じられないほど重い力を感じた。まさしく魚の重みであり、釣縄が下へ、下へ、下へと繰り出され、ふたつある予備の巻き縄の一方がほぐれていった。縄が指のあいだをすり抜けて出ていくとき、親指と人差し指にほとんど力を加えなかったにもかかわらず、なおすさまじい重さが感じられた。

「なんてやつだ」老人は言った。「餌を横向きにくわえて、そのまま逃げるつもりか」

そのうち向きを変えて餌を呑みこむだろう、と思った。いまのは声に出さなかったが、それはよい見通しを口にすると失敗するかもしれないと知っていたからだ。どれほどの大物かはわかっていて、マグロを横向きにくわえて闇のなかを遠ざかっていく姿が頭に浮かんだ。そのとき、動きが止まったのを感じたが、重さはまだ残っていた。それから重さが増し、さらに釣縄を繰り出した。一瞬、親指と人差し指に力をこめると、重さが一段と増して真下へ引いてきた。

「食いついたな」老人は言った。「さあ、しっかり食べろ」

指の隙間から縄を繰り出す一方で、左手を下へ伸ばし、ふたつある予備の巻き縄の端を、隣にもうふたつある予備の巻き縄についた輪へつないだ。これでいい。いま使っている巻き縄のほかに、四十尋の予備の巻き縄三つが控えている。

「もう少し食え」老人は言った。「しっかり食べろ」

しっかり食いつけば、針先が心臓まで届いて息の根を止めることになる、と思った。すんなりあがってきたら、銛(もり)でひと突きだ。よし。いいか？　もう食事はじゅうぶんだろう？

「いまだ！」老人は声をあげ、両手で強く釣縄を引いて一ヤードたぐり寄せたあと、腕にありったけの力をこめて、体の重心を左右に移しながら、両手で縄を交互に持ち替えて繰り返し力強く引いた。

何も起こらなかった。魚はただゆっくりと進んでいき、老人は一インチも引きあげられなかった。釣縄は大型の魚用に頑丈に作られていて、それを背中にひとまわりさせて引くと、ぴんと張った縄から水滴が飛び散った。やがて水中で縄がゆるやかにきしむ音が聞こえてきたが、老人は縄をつかんだまま、横木に体を預けて踏ん張り、反り返って抗（あらが）った。舟はしだいに北西へ動きだした。

魚は着実な動きで泳ぎ、舟もまた穏やかな海をゆっくりと進んだ。ほかの餌はまだ海中にあるが、どうすることもできない。

「あの子がここにいたらなあ」老人は声に出して言った。「いまはこっちが魚に引かれていて、釣縄をつなぎ留める係柱になったようなものだ。縄を縛りつけるという手もある。だが、そうするとやつに切られるかもな。できるだけ押さえこんで、やつがどうしても引こうというときに縄を繰り出してやればいい。まっすぐ進むだけで、下へもぐろうとしないのがありがたい」

やつが下へ行くと決めたら、こちらはどうすればいいのか。やつが深くもぐって死んだら、こちらはどうすればいいのか。だが、なんとかなるだろう。できることはたくさんある。

老人は背中にまわした釣縄をしっかりつかみながら、水中へ延びる縄の傾きと、北西へ進む舟の動きに注意を向けていた。

このままいけば、やつはくたばる、と思った。こんなことはいつまでもつづけられまい。ところが、四時間経っても、魚は同じ調子で舟を引いてさらに沖へ進みつづけ、老人はなおも縄を背中にまわして踏ん張っていた。

「やつを引っかけたのは正午だった」老人は言った。「なのに、まだ一度も姿を見ていない」

魚がかかる前から麦わら帽を目深にかぶったままであり、それが額に擦れて痛い。喉もずいぶん渇いたので、膝を突き、縄に無理な力が加わらないよう気をつけながら、船首へできるだけにじり寄って片手を伸ばし、水入りの瓶をつかんだ。蓋をはずし、水を少し飲む。それから船首にもたれて体を休めた。はずしたマストと帆の上にすわりこみ、何も考えずに、ひたすら辛抱することにした。

しばらくして後ろを向くと、陸地がどこにも見えないのがわかった。そんなことはかまわない、と思った。いつだって、ハバナの街明かりを頼りにできるのだから。日没までまだ二時間あり、たぶんやつはそれまでにあがってくるだろう。そうでなければ、月の出とともに。それもなければ、日の出とともに。こちらは体のどこも引きつっていないし、気力はじゅうぶんだ。やつのほうこそ、口に針を引っかけている。それにしても、あんな力で引っぱるとはとんでもない魚だ。ワイヤーの鉤素までがっちりくわえこんでいるにちがいない。やつの姿を見たい。一度でいいからこの目で見て、どんな相手なのかを知りたい。

星を見るかぎり、魚はひと晩じゅう、進む方角を変えなかった。日が沈んでからは寒くなり、汗が乾いて背中や腕や老いた脚を冷えびえとさせた。昼間のうちに、老人は餌箱にかぶせてあった粉袋を取りはずし、ひろげて日に干しておいた。日没後、首のまわりにそれを結わえて背中へ垂らし、肩にまわしてある縄の下にくぐらせた。袋が縄の痛みを和らげてくれ、船首へ前傾する姿勢もとれたので、快適ですらあった。実のところ、いくらかましになった程度でしかないが、快適だと思うことにした。

こっちはやつをどうにもできないし、やつのほうもどうにもできない、と思った。やつがこれをつづけるかぎりはそうだ。

一度立ちあがり、舟べりから小便をしながら、星々をながめて針路をたしかめた。肩からまっすぐ水中へ延びた釣縄がひとすじの燐光（りんこう）のように見える。速度がいくぶん落ち、ハバナの街明かりが薄らいだことから考えると、この舟は海流によって東へ運ばれているにちがいない。ハバナの明かりがすっかり見えなくなるようなら、さらに東へ流されたことになる。魚の進む方角が北西のまま変わらなければ、明かりはまだ何時間も見えるはずだ。きょうの大リーグの結果はどうだっただろうか、と考えた。ラジオがあったら、どんなによかったか。だがすぐに、よけいなことにまどわされるな、と自制した。目の前のことに集中しろ。ばかげたことをするな。

それから、声に出して言った。「あの子がここにいたらなあ。手を貸してくれるし、この様子も見せてやれるのに」

歳をとったら、だれしもひとりでいるべきではない、と思った。とはいえ、いやでもそうなる。傷まないうちにマグロを食べて、体力を保たなくてはならない。たとえ食欲がなくても、朝のうちにかならず食べよう。忘れるなよ、と自分に言い聞かせた。

夜中に二頭のイルカが舟へ寄ってきていて、体をひねる音や息を吐く音が聞こえた。オスが勢いよく息を吐くのと、メスがささやくように息を吐くのは、区別がついた。

「いいやつらだよ」老人は言った。「遊んで、ふざけ合って、愛し合っている。トビウオと同じで、おれたちの兄弟だ」

すると、針にかかった大魚が気の毒になってきた。見あげたやつで、変わり者で、年齢不詳だ。これほど力が強い魚にも、これほどおかしな動きをする魚にも出会ったことがない。ひょっとしたら知恵がありすぎて、跳ねあがったりしないのか。跳ねたり急に暴れたりして、こちらを叩きのめすこともできるのに。だが、前に何度も針にかかったことがあって、これが自分の闘い方だと心得ているのかもしれない。相手がひとりだけで、しかも老人であることなど、知る由もない。ともあれ、みごとな大物だし、肉が上等だったら市場でどれほどの値がつくことか。男らしく食らいつき、男らしく引き、闘いではまったく取り乱さない。何か計算があるのか、それとも、こちらと同じく捨て鉢なだけなのか。

以前、つがいのマカジキの一方を釣ったことを思い出した。マカジキのオスはまずメスに餌を食わせるのが常であり、そのときも針にかかったのはメスで、動転して大暴れし、猛然と抗ったもののすぐに疲れ果てたのだが、そのあいだずっと、オスはそばにいて、釣縄を横切ったり、水面近くをいっしょにまわったりしていた。あまりにも近くへ迫るので、大きさも形も大鎌そっくりの鋭い尾びれで縄を切るのではないかと不安だった。メスに手鉤を引っかけて、紙やすりの手ざわりに似た長剣のような嘴をつかみ、脳天が鏡の裏板の色になるまで棍棒で殴りつけたあと、若者の手を借りて舟へ引きあげたが、そのあいだずっとオスは舟から離れなかった。それから老人が釣縄を片づけ、銛を用意していると、オスはメスの居場所をたしかめようと舟の横で空中高く跳びあがってから、藤色の翼のような胸びれを大きくひろげ、藤色の縞がはいった全身を見せたのであり、その姿が美しかったこと、そしてその場をずっと離れなかったことを、老人は忘れなかった。

マカジキと過ごしたなかで、あれほど悲しかった出来事はない、と思った。あの子も悲しそうで、ふたりでメスに詫びて、すぐに捌いてやった。

「あの子がここにいたらなあ」声に出して言い、まるみを帯びた船首の厚板にもたれかかると、どこへ向かうと決めたのか、ひたすら進もうとする大魚の力強さが、肩にまわした釣縄を通して感じられた。

こちらの策略にはまったせいで、どう逃げるかを決めざるをえなかったわけか、と老人は思った。

やつがもともと選んでいたのは、あらゆる罠や仕掛けや策略の及ばぬ暗い深海にとどまっていることだった。こちらが選んだのは、だれよりも先にそこへ出向いてやつを見つけることだった。世界じゅうのだれよりも先に。いま、われわれは出会い、正午からいっしょにいる。そして、どちらもだれの助けも借りていない。

もしかしたら、漁師になるべきではなかったかもしれない、と老人は思った。

とはいえ、自分はこの仕事に生まれついた。明るくなったら、忘れずにマグロを食べなくては。

夜明け前、背後に仕掛けてあった餌のひとつに何かが食らいついた。小枝が折れ、舟べりから釣縄が走りだす音が聞こえた。暗闇のなか、老人はナイフの鞘をはずすと、左肩で魚の引く力をまるごと受け止めながら体をのけぞらせ、その釣縄を舟べりの板に押しつけて切り落とした。それから、すぐ近くに仕掛けてあったもう一本の縄も切り落とし、暗いなかで予備の巻き縄の端と端を結びつけていった。片手を巧みに動かし、片足で巻き縄を押さえながら、結び目をきつく締めつける。これで予備の巻き縄六つが使えることになった。餌から切り離した二本についてそれぞれ二巻と、すでに大魚が餌に食らいついた縄のものが二巻で、それらがすべて一本につながった。

明るくなったら、四十尋の深さに垂らした仕掛けのほうへもどり、その釣縄も切って、そちらの予備の巻き縄もつなごう、と思った。丈夫なカタルーニャ産の釣縄を合わせて二百尋に、針と鉤素をいくつか失うことになる。それは補充すればいい。だが、もしほかの魚が引っかかり、あの大魚の縄を切って逃がしたりしたら、取り返しがつかないではないか。たったいま餌に食らいついたのがどんな魚だったかはわからない。マカジキか、メカジキか、それともサメか。感触をたしかめてはいない。すぐにも切り捨てなくてはならなかったからだ。

声に出して、老人は言った。「あの子がここにいたらなあ」

しかし、あの子はいない。自分ひとりなのだから、最後に残った仕掛けのところへすぐにもどって、まわりが暗かろうがそうでなかろうが、釣縄を切って予備のふたつの巻き縄をつなごう。

そして、そうした。暗いなかの作業は厄介で、一度魚が暴れたときにうつ伏せに引き倒され、目の下が切れた。血がわずかに頬を伝い落ちた。けれども、顎(あご)に届かないうちに固まって乾いたので、船首へもどり、舟板にもたれてひと息ついた。粉袋の位置を直し、釣縄を慎重にずらして肩の別のところにあてたあと、縄を両肩でしっかり支えながら、魚の引く力を注意深く感じとり、それから手を水のなかに入れて舟の進み具合をたしかめた。

やつはなぜ急に暴れたのだろうか、と考えた。大きく盛りあがった背中に縄がこすれたにちがいない。おれの背中ほど痛くはないだろう。だが、どれほどの大物だろうと、この舟を永遠に引きずることはできない。こちらは面倒の種になりそうなものをすべて切り捨てたし、予備の縄はたっぷりある。準備万端だ。

「魚よ」老人は声に出して、静かに言った。「こっちは死ぬまで付き合ってやるさ」

やつもおれに付き合うつもりだろう、と老人は思い、明るくなるのを待った。日の出前のこの時間は寒いので、体を舟板に押しつけて暖をとった。根比べなら負けない。薄明かりのなかで、強く張った釣縄が水のなかへ延びていた。舟は着実に進みつづけ、太陽の上端が顔をのぞかせると、ひとすじの光が老人の右肩にあたった。

「北へ向かっている」老人は言った。潮の流れに乗っているなら、これよりずっと東へ向かうはずだ。やつが東寄りに進むようになるとありがたい。それは疲れかけている証拠だ。

太陽がさらに高くのぼっても、魚が疲れていないのがわかった。よい兆しがひとつだけある。釣縄の傾きを見るかぎり、やつは前より浅いところを泳いでいる。だからと言って、跳びあがるとはかぎらない。ただ、見こみはある。

「どうか跳んでくれますように」老人は言った。「釣縄ならいくらでも使える」

ここでほんの少し強く縄を引いたら、やつは痛がって跳びあがるのではないか、と思った。明るくなったいま、やつを跳びあがらせれば、背骨にある浮袋に空気が満たされるから、深くもぐって息絶えてしまうようなことはなくなる。

強く引こうとしたが、魚がかかってから縄は切れる限界近くまで張りつめていて、体をのけぞらせて引くのはきびしく、これ以上力を加えるのは無理だとわかった。強く引くのはまずい、と思った。引くたびに針によって魚の口の傷がひろがって、跳びあがったときに針がはずれかねない。とにかく、日が出て気分はいいし、いまは太陽をまともに見なくてすむ。

釣縄に黄色い海藻がからんでいたが、これは魚の引く負担を増すだけなので、ありがたかった。この黄色いホンダワラは夜に燐光(りんこう)をたくさん放っていた。

「魚よ」老人は言った。「おれはおまえが大好きで、一目置いてもいる。だが、きょうの一日が終わるまでに息の根を止めてやるつもりだ」

ともにそう願おうではないか、と老人は思った。

北から小さな鳥が一羽、舟に向かって飛んできた。アメリカムシクイで、海面すれすれを飛んでいる。ずいぶん疲れているのが見てとれた。

鳥は船尾にとまり、そこで休んだ。やがて老人の頭のまわりを飛んでから、もっと居心地のよい釣縄にとまった。

「おまえ、何歳だ」老人は鳥に尋ねた。「旅ははじめてなのか」

話しかけると、鳥は目を向けてきた。疲れ果てて足場をたしかめもできず、華奢な足で縄をつかんで体をぐらつかせている。

「その縄は問題ない」老人は鳥に話しかけた。「頑丈すぎるほどだ。ゆうべは風がなかったのに、そんなにへばったなんて困ったものだな。そんなことでは、この先、鳥たちはどうなる?」

タカが海まで来て、こういう連中を狙うことがある、と老人は思った。けれども、鳥には何も言わなかった。どのみち話を理解できまいし、タカのことはまもなく知るだろう。

「しっかり休め、小さな鳥よ」老人は言った。「そうしたら、陸へ飛んでいって、そこにいる人間や鳥や魚と同じように、運をつかんでみろ」

そんなふうに話しかけたのは、夜のあいだに背中がこわばって、いまではひどく痛んでつらかったからだった。

「よかったら、わが家に泊まっていけ、鳥よ」老人は言った。「少しばかり風が立ってきたから、帆をあげて連れていってやりたいところだが、残念ながらそれは無理だ。連れがいるものでな」

ちょうどそのとき、急に魚が動き、老人は船首へ引き倒された。どうにか踏ん張って、釣縄をいくらか繰り出したが、そうしなければ海へ落ちていただろう。鳥は釣縄が引かれたときに飛び去り、老人はそれに気づきもしなかった。右手で注意深く縄にふれると、手から血が出ているのがわかった。

「やつも痛かったんだろうな」老人は声に出して言い、魚の向きを変えられるかどうかをたしかめようと、釣縄を引いた。しかし、切れる寸前でやめ、引かれる力に抗(あらが)って体を反らした。

「いよいよ、おまえもきつくなってきたか、魚よ」老人は言った。「おれも同じだがな」

話し相手がほしかったので、あたりを見まわして鳥をさがした。もう去っていた。

長居はしなかったな、と思った。とはいえ、岸にたどり着くまでの道のりはもっと大変だ。それにしても、あのとっさのひと引きで魚に手を切られるなんて。自分もずいぶん間抜けになったものだ。あるいは、あの小さな鳥を見ていて、気をとられたせいかもしれない。いまは気を引き締めて漁に集中し、へたばらないようにマグロを食べなくては。

「あの子がここにいて、塩もいくらかあったらなあ」老人は声に出して言った。

釣縄の重みを左肩に移してそっとひざまずいたあと、手を海水で洗い、そこに一分以上浸しながら、血が流れ落ちていく様子や、舟が進むのに合わせて水が規則正しく手にあたるさまをながめた。

「やつめ、ずいぶん動きが遅くなったな」老人は言った。

海水にもっと手を浸けておきたかったが、魚がまた急に動くかもしれないのが気になり、立ちあがって身構えながら太陽に手をかざした。手のひらが切れたのは、釣縄がこすれたせいにちがいない。だが、手のひらのよく使う場所だ。決着をつけるために両手が必要なのはわかっていたので、勝負がはじまりもしないうちに切れるのは避けたかった。

「さてと」手が乾くと、老人は言った。「あの小さいマグロを食べなくてはな。手鉤で引き寄せれば、ここでゆっくり食える」

老人は膝を突くと、船尾の下に置いてあったマグロを手鉤で探りあて、巻いた縄をよけて引き寄せた。縄を左肩にかけなおして左の腕と手で支えながら、マグロから手鉤をはずし、もとの場所に置いた。一方の膝でマグロを押さえ、頭の後ろから尻尾へ縦にナイフを走らせて、赤黒い肉を切り開いた。こんどは背骨から腹へと何度か切り裂き、楔形の切り身を作っていく。六つの切り身ができあがると、船首の厚板にそれらを並べ、ズボンでナイフを拭いてから、尻尾をつかんでマグロの残骸を舟の外へ投げ捨てた。

「ひと切れまるごとは食えないな」老人はそう言って、切り身のひとつをナイフでふたつにした。釣縄を引く力は強いままで、左手が痙攣している。重い縄をしっかりつかんだままこわばった左手を腹立たしげに見た。

「なんという手だ」老人は言った。「勝手に攣っていろ。鉤爪にでも化けたらどうだ。ろくなことにはなるまいが」

しっかりしろ、と思いながら、暗い水のなかをのぞきこんで縄の傾きをたしかめた。さあ、食べろ、そうすれば手に力がみなぎる。悪いのはこの手ではなく、何時間も魚の相手をしていたせいだ。しかし、永遠に付き合うことになりかねない。さあ、マグロを食え。

老人はひと切れつまんで口に入れ、ゆっくりと噛んだ。まずくはない。

よく噛んで汁気も全部取りこめ、と思った。少しばかりライムかレモンか塩があればいいんだが。

「気分はどうだ、手よ」引きつって死後硬直さながらに動かない手に向かって、老人は尋ねた。「おまえのためにもう少し食べてやろう」

ふたつに切った残りの半分を食べた。ていねいに嚙んでから、皮を吐き出す。

「どんな具合だ、手よ。すぐにはわからないか」

もうひと切れをまるごとつまみ、よく嚙んだ。

「血の気の多いしっかりした魚だ」老人は思った。「シイラでなく、こいつがかかってよかった。シイラは甘ったるい。こいつはほとんど甘みがなく、活力がたっぷり詰まっている」

とはいえ、実際に役に立たなくては意味がない、と思った。少し塩があればよかったのに。残りの切り身が日を浴びたら腐るのか干あがるのかはわからないから、腹は減っていないが食べきったほうがいい。いまはあの魚のほうも静かにしている。全部食べて、きたるべきときに備えよう。

「辛抱しろ、手よ」老人は言った。「おまえのために食ってやる」

あの魚にも食わせてやれたらいいのに、と思った。やつは兄弟だ。とはいえ、殺さなくてはいけないのだから、こちらは力を蓄える必要がある。老人はゆっくりと心をこめて、楔形の切り身をたいらげた。

身を起こし、手をズボンになすりつけた。

「さあ、縄を放していいぞ、手よ。おまえがばかな真似をやめるまで、やつを右腕だけであしらってやる」老人は言った。左手でつかんでいた釣縄に左足を載せ、背中にかかる力に抗って後ろへもたれかかった。

「どうか痙攣がおさまりますように」老人は言った。「あの魚が何をしてくるか見当もつかないからな」

だが、相手は落ち着いて計画どおりに進めているらしい、と思った。そうは言っても、どんな計画なのか。そして、こちらの計画は？　相手は巨大だから、こちらは臨機応変に動くしかない。やつを跳びあがらせることができたら、仕留められる。しかし、やつはずっと下にもぐったままだ。それなら、こちらも腰を据えて待つだけだ。

老人は引きつった手をズボンにこすりつけ、指をほぐそうとした。ところが、手が開かない。たぶん、日が出ればほぐれるだろう、と思った。あのたくましい生のマグロが腹でこなれたら、手は開くだろう。必要に迫られたら、何がどうあろうと開くつもりだ。しかし、いまは無理にこじあけたくない。ひとりでに開いて、自然に回復するのを待とう。何しろ、夜中に手をさんざんこき使って、さまざまな釣縄をはずしたりつないだりしなくてはならなかったのだから。

海を見渡し、いまの自分がひとりきりなのを実感した。それでも、暗い深海には虹（にじ）の色が、目の前にはまっすぐ延びる釣縄が見え、穏やかな海面にも不思議なうねりがある。貿易風によって雲がいくつも湧きあがり、前方をながめると、海上の空に野ガモの群れがくっきりと影を刻んでいて、やがてそれが薄れたものの、また深く刻まれた。海ではけっしてひとりきりじゃない、と老人は思った。

　小舟に乗っていて陸地が見えなくなると、ずいぶんこわがる漁師がいたものだが、急に天気が悪化する季節ならそれも納得できる。だが、いまはハリケーンの季節であり、この季節にハリケーンが来ていないのなら、これ以上の天気はない。海にいれば、ハリケーンがやってくる何日も前から、空にその兆しが見てとれる。陸だと見分けがつかないのは、目のつけどころがわからないからだろう、と思った。陸でも、きっと雲の形にちがいがあるはずだ。ともあれ、いまハリケーンは来ていない。

　空を見あげると、白い積雲がアイスクリームを積みあげたかのような親しみやすい形に見え、そのさらに上では、薄い羽毛のような巻雲（けんうん）が九月の高い空をよぎっている。

「弱い東風（ブリザ）だな」老人は言った。「魚よ、おまえよりおれに分（ぶ）がある天気だ」

　左手はまだ引きつっていたが、ゆっくりと指をほぐした。

痙攣など糞食らえだ、と思った。これは自分の肉体による反逆だ。食中毒で下痢になったり吐いたりするのは、人前ではみっともない。だが痙攣は、ひとりきりのときにとりわけみじめな気持ちになる。

あの子がここにいたら、この手をさすって前腕から先までほぐしてくれるのに、と思った。まあ、そのうちほぐれるだろう。

そのとき、右手の釣縄の手応えが変わり、海中の縄の傾きも変化したのがわかった。それから縄に体を預け、左手で太腿を激しく叩いていると、縄の傾きがゆっくりと水平に近づいてきた。

「あがってくる」老人は言った。「さあ、手よ。頼んだぞ」

釣縄はゆっくりと着実に浮かびあがり、やがて舟の前の海面が盛りあがって、魚が姿を現した。浮上を果てしなく繰り返し、体の両側から海水が流れ落ちる。魚は陽光を浴びて輝き、頭と背中は濃い紫色で、側面に走る太い縞は日差しを受けて明るい藤色に見える。嘴は野球のバットほどの長さで、細身の剣のように先がとがっている。魚は全身を洋上へ躍らせたあと、ダイバーのようになめらかに水中へもどり、老人が見ていると、巨大な草刈り鎌のような尻尾が沈み、釣縄が猛烈な勢いで走り出ていった。

「この舟より二フィートは長いな」老人は言った。釣縄はすばやく繰り出されているが、動きは一定なので、魚は取り乱していない。老人は両手で縄をつかみ、切れそうになる寸前のところで力を保っていた。しっかり引いて魚の動きを抑えないと、縄をすべて持っていかれて切られかねないからだ。

たいした魚だが、わからせてやらなくては、と思った。自分の持つ力の大きさや、その気になればたやすく逃げられることを悟られてはならない。おれがあの魚なら、いますぐありったけの力を出して、大暴れしてやるだろう。だがありがたいことに、向こうには殺す側のこちらほどの知恵はない。とはいえ、人間より気高く有能な連中だ。

老人は巨大な魚を数多く見てきた。重さが千ポンドを超える魚もたくさん見たし、それくらいの大物を二度釣りあげたことがあるが、そのときはひとりではなかった。いまはひとりきりで陸地の見えない沖合にいて、見たことも聞いたこともないほど大きな魚とつながったままで、そのうえ、いまも左手は獲物をつかんだ鷲（わし）の鉤爪並みにこわばっている。

だが、そのうち痙攣もおさまるだろう、と思った。かならずよくなって、右手を助けてくれるはずだ。あの魚とおれの左手と右手、この三つは兄弟だ。きっと痙攣はおさまる。引きつるなんて、この手に似つかわしくない。魚はまた速度を落として、いつもの動きにもどっている。

　やつはなぜ跳びあがったのか、と考えた。自分の大きさを見せつけるためのような跳ね方だった。ともあれ、それでよくわかった。こちらがどんな人間なのかも見せてやりたいものだ。しかし、そうなると引きつった手を見られてしまう。実物以上の相手だと思わせれば、ほんとうにそうなる。もしあの魚になれたら、持てる力をすべて使って、意志と知恵しかないこの自分に立ち向かうだろう。

　老人が体を楽にして厚板にもたれかかり、訪れる痛みを受け止めているあいだ、魚は休みなく泳ぎ、舟は暗い水面をゆっくりと進んだ。東からの風で海が小さくうねりつづけ、正午には左手の痙攣がおさまった。

「おまえには悪い知らせだ、魚よ」老人は言い、肩を覆う粉袋にかかった釣縄をずらした。

楽になったとはいえ、まだつらいが、そう認める気はまったくなかった。

「おれは信心深くない」老人は言った。「だが、この魚をつかまえられるなら、〈主の祈り〉を十回、〈アヴェ・マリア〉を十回唱えよう。もしつかまえたら、コブレ教会の聖母像にかならず参拝するさ。これは約束だ」

老人は型どおりに祈りを唱えはじめた。あまりの疲労で、思い出せない祈りのことばもときどきあったが、そのときは早口で言うと自然に口から出てきた。〈アヴェ・マリア〉のほうが〈主の祈り〉より唱えやすい、と思った。

「めでたし聖寵充ち満てるマリア、主、御身と共にまします。御身は女のうちにて祝せられ、御胎内の御子イエズスも祝せられ給う。天主の御母聖マリア、罪人なるわれらのために、今も臨終の時も祈り給え。アーメン」そして付け加えた。「マリアさま、どうかお祈りください、この魚は死を迎えます。すばらしい魚だというのに」

祈り終えると気分はずっとよくなったが、痛みはまったく変わらないか、少し増したかもしれず、老人は船首の厚板にもたれかかって、左手の指を無意識のうちに動かしはじめた。

そよ風がやさしく吹いていたが、日差しはもう熱かった。

「また短い縄に餌をつけて、船尾から垂らしておくか」老人は言った。「あの魚がもうひと晩粘るつもりなら、こちらももう一度食わなくてはまずいし、瓶の水も減っている。このあたりじゃシイラしかとれないだろう。まあ、生きのいいうちに食えば、シイラもまずくはないさ。今夜トビウオが飛びこんできてくれないものか。でも、おびき寄せる明かりがない。トビウオは生で食っても実にうまいし、切り身にしてもいいんだがな。いまは力を目いっぱい蓄えよう。まったく、あれほどの大物とは思いもしなかったよ。

だが、仕留めてやる」老人は言った。「やつの偉大さと栄誉をたたえたうえで」

とはいえ、不当な仕打ちではある、と思った。それでも、人間が何をなしうるか、どこまで耐えうるかを見せてやろう。

「おれは変わり者の年寄りだとあの子に言った」老人は言った。「それを証明するのはいまだ」

これまでも幾度となく証明してきたが、そんなことに意味はない。いま、老人はあらためて証明しようとしていた。一回一回が新たな機会であり、立ち向かうときには過去のことなどまったく頭にない。

やつが眠ってくれたら、こちらもひと眠りしてライオンの夢でも見られるんだが、と思った。なぜライオンばかりが頭に残っているのか。考えるのはやめろ、じいさん、と自分に言い聞かせた。いまは厚板にもたれてゆっくりと休み、何も考えるな。やつは闘っている。こちらはできるだけ休め。

午後を迎えるころ、舟はなおもゆっくりと着実に進んでいた。いまは東からの微風を少し受けて、舟は小さくうねる海を穏やかに走り、背中にかかる縄の痛みも和らいで楽になっていた。

　午後に一度、また釣縄があがりはじめた。しかし、魚はやや浅めに動いただけで、そのまま泳ぎつづけていた。日差しが老人の左腕、左肩と背中にあたっている。そのことから、魚が北から東寄りに向きを変えたのがわかった。

　一度姿を目にしたので、魚が水のなかで紫の胸びれを翼のようにひろげ、大きな尾びれを立てて闇を切り裂きながら泳ぐさまを思い描けた。その深さでどれだけ見えるのだろう、と思った。やつの目はでかいが、それよりはるかに小さい目の馬でも夜目は利く。おれも昔は、暗がりでよく目が見えた。真っ暗闇ではさっぱりだった。しかし、猫と同じ程度には見えた。

　太陽のおかげと、絶えず指を動かしていたこともあって、左手の痙攣がすっかりおさまったので、左手にかける負担を徐々に大きくし、肩の筋肉をすくめて釣縄の痛みを少し和らげた。

「魚よ、まだ疲れていないなら」老人は声に出して言った。「おまえはよほどの変わり者だな」

　老人は疲れ果てていて、まもなく夜が来るとわかっていたので、ほかのことを考えることにした。大リーグ、老人にとっては〝グラン・リガス〟のことを思い出し、ニューヨークのヤンキースがデトロイトの〝ティグレス〟と試合をしているのは知っていた。

試合（フエゴ）の結果がわからなくなってもう二日目だ、と思った。それでも、弱気にならずに、偉大なディマジオを見習わなくてはいけない。ディマジオは踵（かかと）の骨棘（こっきょく）の痛みをかかえながら、あらゆることを完璧（かんぺき）にやってのけた。骨棘とはなんだろうか。骨の蹴爪（ウン・エスプエラ・デ・ウエソ）。おれたちにはないものだ。軍鶏（しゃも）の蹴爪（けづめ）が踵にできたように痛むのだろうか。自分には耐えられそうもないし、軍鶏は片目を失っても両目を失っても闘いつづけるが、あんなことも無理だ。人間は偉大な鳥や獣にとうていかなわない。それでも、暗い海の奥深くにいるあの大魚のようでありたいものだ。

「サメが来ないといいんだが」老人は声に出して言った。「もしサメが来たら、神よ、あの魚とおれにどうか憐（あわ）れみを」

偉大なディマジオなら、このおれと同じくらい長く魚と渡り合えるだろうか、と老人は思った。若くてたくましいから、同じ程度か、もっと長くやれるにちがいない。しかも、父親が漁師だったのだから。だが、踵の骨棘はひどく痛むのだろうか。

「わからないさ」声に出して言った。「骨棘なんかできたことはないから」

日が沈むころ、もっと自信を呼び覚まそうと、老人はハバナのカサブランカの酒場で黒人の大男と腕相撲をしたときのことを思い出した。シエンフエゴス出身のその男は、波止場でいちばんの力持ちだった。ふたりは一昼夜、テーブルにチョークで引いた線に肘を置いて、前腕をまっすぐに立て、がっちりと手を組み合ったままだった。互いに力を振り絞って、相手の手をテーブルに押しつけようとした。盛んに賭けがおこなわれ、灯油ランプに照らされた部屋をおおぜいが出入りしていたが、彼は黒人の腕と手、そして顔から目を離さなかった。最初の八時間が過ぎると、審判は四時間ごとに交代して眠った。対戦するふたりの指の爪から血がにじみ出たが、どちらも互いの目を見つめ、手と前腕を見つめ、そのあいだ、賭けをする連中が入れ替わり立ち替わり部屋へやってきて、壁際に並んだ高い椅子にすわって見物した。壁は明るい青に塗られた板張りで、ランプの明かりがいくつもの影を投じていた。黒人の影は巨大で、風でランプが揺れるといっしょに揺れた。

勝敗の見こみは夜通し定まらず、黒人にはラム酒を飲ませたり煙草の火をつけてやったりする者がいた。やがて黒人は、ラム酒を飲んだあとにすさまじい力をこめ、一時は老人の、いや、当時はまだ老人ではなかった王者（エル・カンペオン）サンティアーゴの腕を、三インチ近く傾けた。しかし彼はそこから押し返し、互角の位置にもどした。そのとき、すばらしい好敵手であるこの黒人に勝ったと確信した。夜明けになって、賭けをしていた連中が引き分けを主張しはじめ、審判が首を左右に振っていたとき、サンティアーゴは満身の力を振り絞って、黒人の手を倒しつづけ、ついにはテーブルの板に押しつけた。戦いは日曜の朝にはじまり、月曜の朝に終わった。引き分けを求めた連中が多かったのは、波止場での砂糖袋の積み出しやハバナ石炭会社の仕事が待っていたからだ。そうでなければ、だれもがはっきりした結末を望んでいただろう。ともあれ、みなが仕事へ行く前に、サンティアーゴは決着をつけた。

　それからずいぶん長いあいだ、みながサンティアーゴを王者と呼び、春には再戦もあった。しかし、賭け金はたいして集まらず、シエンフエゴスの黒人が前回の対戦で自信を打ち砕かれたせいで、サンティアーゴはあっけなく勝利した。それから何度か試合をしたあと、やめてしまった。その気になれば、だれでも完膚なきまでに叩（たた）きのめせるし、漁のことを考えると右手によくないと判断したからだ。それまでに、左手で練習試合をしたことが数回あった。だが、左手はつねに裏切り者で、ちっとも言うことを聞かないので、信用するのをやめた。

　いまは日差しがこの左手をしっかりあたためているはずだ、と老人は思った。夜の冷えこみがひどくなければ、もう痙攣（けいれん）を起こすことはあるまい。今夜はどうなるだろうか。

　マイアミへ向かう飛行機が頭上を通り過ぎ、その影に怯（おび）えたトビウオの群れが跳ねるのを老人は見守った。

「あんなにトビウオがいるなら、シイラもいるはずだ」そう言って、釣縄に体を預けて後ろに反らし、魚を少しでも引き寄せられないかと試みた。けれども引くことはできず、縄は張りつめたままで、切れる予兆なのか、表面の水滴が震えていた。舟はゆっくりと前へ進み、老人は見えなくなるまで飛行機を目で追った。

　飛行機のなかにいるのはずいぶん変な気分にちがいない、と思った。あの高さから海はどう見えるのか。あまり高く飛ばなければ、あの魚が見えるはずだ。二百尋（ひろ）の高さをのんびり飛んで、上からあの魚を見てみたい。ウミガメ獲（と）りの舟に乗ったときには、マストのてっぺんの横木のところにいると、その高さからでもいろいろ見えた。上から見るシイラは緑が濃く、縞模様（しまもよう）や紫の斑点（はんてん）がよく見え、泳ぐ群れ全体が見渡せた。暗い潮流をすばやく動く魚はなぜどれも背中が紫で、縞や斑点もたいがい紫なのだろうか。シイラが緑に見えるのは地が金色だから当然だ。しかし、腹を心底空かせて餌を食おうとするときには、横腹にマカジキのような紫の縞が現れる。あれは怒っているからなのか、それとも泳ぐ速度をあげたからなのか。

暗くなる少し前、穏やかな海でホンダワラの大きな浮き島がゆっくりと揺れ、あたかも海が黄色い毛布の下で何かと愛を交わしているかのようだったが、その横を通り過ぎようとしたとき、短い釣縄にシイラがかかった。まず見えたのは空中へ跳びあがった姿で、夕日の最後の光を浴びて黄金色に輝き、宙で激しく体をくねらせていた。恐怖に駆られて曲芸のごとく何度も何度も跳ねたので、老人はどうにか船尾へもどって腰を落とし、右の腕と手で長いほうの釣縄を支えたまま、左手でシイラを引っぱり、縄をたぐり寄せるたびに、それをむき出しの左足で踏んで押さえた。船尾に寄ってきたシイラは右へ左へと必死に暴れまわったが、老人は舟から身を乗り出し、黄金色の体に紫の斑点が散った魚を船尾から引きあげた。シイラは針にすばやく嚙みつこうと小刻みに激しく顎を動かし、長く平たい胴を、そして尻尾と頭を舟底に叩きつけていたが、老人が黄金色に輝く脳天を棍棒で殴りつけると、体を小さく震わせ、動かなくなった。

老人はシイラの口から針をはずし、そこに別のイワシをつけて、海へ投げこんだ。それからゆっくりと船首へもどった。左手を洗い、ズボンにこすりつけて拭く。重い釣縄を左手に持ち替え、右手を海水で洗いながら、海原に沈む夕日と釣縄の傾き具合をながめた。

「あいつ、ちっとも変わっていないな」老人は言った。だが、右手にあたる水の動きを見ると、明らかに速度が落ちていた。

「オールを二本束ねて、舟の後ろにくくりつければ、夜のあいだにやつの動きはもっと鈍るだろう。向こうは夜も元気で、こちらも同じだ」

シイラを捌くのは少し待って、血を肉にとどめよう、と思った。あとで、重りのオールをくくりつけるとき、いっしょにやればいい。夕暮れどきは、魚をそっとしておいて、あまり刺激しないほうがいい。この時間はどんな魚も扱いにくい。手を風にあてて乾かしてから釣縄をつかみ、できるだけ体を楽にして、縄に引かれるまま厚板にもたれかかると、これまでの自分の負担と同じか、それ以上の力を舟が引き受けてくれた。

あしらい方がわかってきたぞ、と思った。ともかく、この点についてはこれでいい。もうひとつ、やつは餌に食いついてからほかに何も食べていないが、図体が大きいからたくさん食べる必要がある。こちらはマグロをまる一匹食べた。あすはシイラを食べるつもりだ。あの黄金(ドラド)の魚を。あとではらわたを抜くときに、少し食べてもいいかもしれない。マグロより食べるのが厄介(やっかい)だ。しかし、それを言うなら、たやすいことなどひとつもない。

「気分はどうだ、魚よ」老人は声に出して尋ねた。「こっちは上々で、左手もよくなったし、今夜とあすの食い物もある。さあ、引いてくれ、魚よ」

実のところ、気分は上々ではなく、背中にまわした釣縄の痛みは、痛みを通り越して、感覚麻痺(まひ)とおぼしき状態に陥っていた。とはいえ、もっとひどい目に遭ったことも何度かある、と思った。右手は少し切っただけで、左手の痙攣はもうおさまった。脚はどちらも問題ない。そのうえ、食料調達ではこちらに分がある。

九月は日没後すぐに暗くなるので、あたりはもう真っ暗だ。老人は船首の磨(す)り減った厚板にもたれかかり、休めるだけ休んだ。一番星が出ている。リゲルという名は知らなかったが、あれが見えるとすぐにあらゆる星が現れ、彼方(かなた)の仲間たちと会えるのはわかっていた。

「あの魚も仲間だ」老人は声に出して言った。「あれほどの魚は見たことも噂で聞いたこともない。だが、殺さなくてはならない。ありがたいことに、星は殺さなくてすむ」

　もしも人間が月を毎日殺さなくてはならないとしたらどうだろう、と思った。月は逃げ出す。だが、太陽を毎日殺さなくてはならないとしたら？　そう考えると、人間は運よく生まれついている。

　そのとき、何も食べられずにいる大魚を気の毒に思ったが、憐れみゆえに殺す決意が揺らぐことはまったくなかった。やつ一匹で何人の腹を満たせるだろうか、と思った。それはともかく、人間にはやつを食う資格があるのか。もちろん、ない。やつの風格あるふるまいや大いなる威厳を思えば、食う資格のある者などいるはずがない。

　こういったことはよくわからない、と思った。だが、太陽や月や星を殺さなくていいのはありがたい。海で生き、真の兄弟を殺すだけでたくさんだ。

　そろそろ、重りをどうするか考えなくては、と思った。重りには一長一短がある。オールをくくりつけて舟を重くし、魚が懸命に泳いだとしたら、こちらは大量の釣縄を繰り出す羽目になって、結局逃げられかねない。舟が軽いままなら、互いの苦痛が長引くが、やつがまだ力を隠し持っていて、さらに速く泳げるとしたら、いまのままのほうが安全だ。何はともあれ、シイラが傷まないようにはらわたを抜き、少し食べて力をつけたほうがいい。

さあ、あと一時間休んで、やつの安定した動きに変わりがないようなら、船尾へもどってはらわたを抜き、決めるべきことを決めよう。しばらくはやつの動きを見守って、変化があるかどうかをたしかめればいい。オールを重りにするのはいい案だが、ここまで来たら安全を期すべきだ。あいつはやはりたいした魚で、さっき見たとき、針を口の端に食いこませたまま、しっかり口を閉じていた。針にかかったことは責め苦でもなんでもない。責め苦なのは、餌を食えないことと、得体の知れない相手と闘っていることだけだ。じいさん、いまはゆっくり休み、自分のつぎの出番が来るまで、やつを疲れさせてやれ。

休息はおそらく二時間に及んだ。いまは月の出が遅いので、時間を計る手立てがない。それに、休んだと言っても、いくらか楽をした程度だった。いまも魚の引きを両肩でしっかり受け止めたままだが、左手を船首のへりに置いて、魚に抗（あらが）う力をますます舟そのものに委（ゆだ）ねていた。

釣縄を舟に縛りつけることができたらどれほど楽なことか、と思った。しかしそうすれば、魚が少し激しく動いただけで、縄が切れかねない。やはり自分の体を使って縄の引きを和らげ、いつでも両手で縄を繰り出せるように備えておかなくてはならない。

「だが、おまえは寝ていないじゃないか、じいさん」老人は声に出して言った。「半日とひと晩、さらにもう一日経ったが、ずっと眠っていない。やつが静かにおとなしくしているなら、少しでも眠る手立てを考えないとまずい。眠らないと、頭が働かなくなることもある」

いまは頭がじゅうぶん冴えている、と思った。冴えすぎているほどだ。わが兄弟である星たちに劣らず冴え渡っている。それでも、眠るべきだ。星たちも眠るし、月も太陽も眠るし、海でさえときどき、潮の流れのない静まり返った日には眠っている。

とにかく眠ることだ、と思った。なんとしても眠るようにし、釣縄については手間のかからない確実な方法を考えよう。まずは後ろへ行って、シイラを捌く準備をする。眠るとなると、オールを重りとしてくくりつけるのはあまりにも危険だ。

眠らなくてもどうにかなる、と老人はつぶやいた。しかし、それもまた、あまりにも危険だ。

魚を強く引かないよう気づかいながら、腹這いでゆっくりと船尾へ進みはじめた。やつは半分寝ているかもしれない、と思った。しかし、休ませてはだめだ。死ぬまで引かせなくては。

船尾にもどると、向きなおって、肩にまわした縄を左手でしっかり引き、右手でナイフを鞘から抜いた。いまは星が輝いてシイラの体がはっきり見えるので、その頭にナイフの刃を突き刺し、船尾の奥から全身を引き出した。片足で押さえつけて、肛門から下顎まですばやく切り開く。それからナイフを置き、右手ではらわたをとってきれいに掻き出してから、鰓もすべて引き抜いた。胃袋を両手で持つと滑りやすく、やけに重く感じたので、それを切り開いた。中にトビウオが二匹いた。まだ新鮮で身も締まったトビウオで、その二匹を並べ置いてから、先ほどのはらわたと鰓を船尾から投げ捨てた。どれも燐光を残しながら水中へ沈んでいく。シイラは冷たく、星明かりを浴びた鱗が灰白色に見え、老人は右足で頭を押さえながら片側の皮を剝いだ。ひっくり返して反対側も剝ぎ、頭から尻尾まで、両側の身を切りおろした。

残骸は舟べりから海へ静かに落とし、水中で渦でも生じないかと見守った。しかし、ゆっくりと沈んでいく光しか見えない。そこで向きなおり、二匹のトビウオを二枚のシイラの切り身のあいだにはさんで、ナイフを鞘にもどしてから、ゆっくりと船首へ引き返した。肩にかかる釣縄の重みで背中を曲げ、右手には切り身をかかえていた。

船首にもどると、二枚の切り身を厚板に置き、隣にトビウオを並べた。つづいて、肩にかかった釣縄を別の位置へずらし、左手でまた縄をつかんでその手を舟べりで休めた。そして、へりから身を乗り出して海水でトビウオを洗い、手にあたる水の速さをたしかめた。シイラの皮を剝いだ手が青白く光っていて、その手を包む水の流れに目を凝らす。水流は弱くなっていて、手の側面を舟板にこすりつけると、青光りする小片がいくつも剝がれて、船尾のほうへゆっくり流れていった。

「やつも疲れてきたか、ひと休みしている」老人は言った。「いまのうちにこのシイラを食って、こっちも少し休んでひと眠りしよう」

星空の下で夜の冷えこみが増していくなか、シイラの切り身の一方の半分と、はらわたを抜いて頭を切り落としたトビウオを一匹食べた。

「調理したシイラは実にうまいが、生はひどいものだ。この先、漁に出るときは、塩かライムを持たなくてはな」

もっと知恵がまわれば、船首に海水を撒いてまる一日乾かし、塩を作ったのに、と思った。とはいえ、シイラがかかったのは日が沈む直前だ。それにしても、準備不足だった。よく嚙んで食べたから、吐き気はしなかったが。

東の空が曇りだし、なじみの星がつぎつぎと消えていった。舟はあたかも雲の大峡谷へ突き進んでいるかのようで、風はすっかりおさまっていた。

「三、四日もすれば、天気は崩れるだろう」老人は言った。「でも、今夜とあすはだいじょうぶだ。さあ、じいさん、ひと眠りする準備をしろ、やつがおとなしくしているうちに」

老人は右手で釣縄をしっかりとつかむと、その手を太腿で押さえつけ、体重のすべてを船首の厚板に預けた。それから両肩にまわした縄を少し下にずらし、それを左手で支えた。

この支えがあるかぎり、右手は持ちこたえるだろう、と思った。眠っているあいだに手がゆるんだとしても、縄が繰り出されるときに左手が起こしてくれる。右手にとっては負担が大きい。だが、こいつは酷使に慣れている。二、三十分なら眠っても問題ない。老人は縄に体を押しつけて上体を前に倒し、右手に全体重をかけたまま眠りに落ちた。

ライオンの夢は見なかったが、代わりに八マイルから十マイルに及ぶイルカの大群が現れ、交尾の時期だったので、イルカたちは宙高く跳ねあがったと思うと、海面にできたばかりの穴へまた飛びこんでいった。

つぎの夢では、老人は村でベッドにいて、北風が吹いてひどく寒く、右手は枕代わりに頭を載せていたせいで感覚がなかった。

そのあと、こんどは長く黄色い浜辺の夢がはじまり、薄暮のなか、最初のライオンが浜辺にやってくるのが見え、さらにほかのライオンたちも来たが、そのとき老人は夕暮れの陸風を浴びて停泊中の船の船首の厚板で顎を休ませながら、ライオンがもっと来ないかと待っていて、幸せな気分だった。

月がのぼってからずいぶん経ったが、老人は眠りつづけ、魚は絶え間なく縄を引き、舟は雲のトンネルへはいっていった。

右のこぶしが急に顔にぶつかって老人が目を覚ますと、焼けるように熱い釣縄が右手から滑り出していた。左手にはなんの感触もなく、右手で懸命に止めようとしたが、縄は勢いよく出ていく。左手でようやく縄を探りあて、それにもたれかかると、こんどは背中と左手が縄のせいで焼けるように熱くなり、すべての力を受け止めた左手にひどい切り傷ができた。背後の巻き縄を見やると、縄がするすると出ていっている。そのとき、魚が海原を大きく突き破って跳びあがり、重い音を立てて落下した。それから何度も何度も跳びあがり、縄がまだ勢いよく出ているにもかかわらず、舟は高速で進んでいき、老人は縄が切れる寸前までたぐり寄せ、またたぐり寄せ、それを何度も繰り返した。引き倒された体が船首に強く押しつけられ、シイラの切り身に顔がめりこんで、身動きができなかった。

お互い、この機会を待っていたんだ、と老人は思った。さあ、はじめようじゃないか。

釣縄の償いをさせてやる、と思った。償わせてやる。

魚の跳びあがる姿は見えず、海原を突き破る音と、落ちるときの激しい水しぶきの音だけが聞こえた。縄のすばやい動きで両手にひどい切り傷ができたが、ずっと予想していたことだったので、縄が胼胝(たこ)のある部分を擦(こす)るようにし、手のひらに食いこんだり指を切ったりするのを避けた。

あの子がここにいたら、巻き縄を濡(ぬ)らしてくれるのだが、と思った。そうだ。あの子がここにいたら。あの子がここにいたら。

釣縄はどんどん出ていたが、勢いが鈍っていて、老人は魚が一インチでも多く引くように仕向けた。ようやく厚板から顔をあげ、押しつぶしていたシイラの切り身から頰が離れた。それから両膝(りょうひざ)を突き、ゆっくりと立ちあがる。縄は繰り出されているが、確実に動きが遅くなっている。そこであとずさりをはじめ、見えない巻き縄に足でふれられる位置までさがった。縄はまだじゅうぶんにあり、これだけの長さの新しい縄を水中で引くことは、あの魚にとって難儀だろう。

そのとおりだ、と老人は思った。そして、やつはさっき十回以上跳びあがって、背中の浮袋を空気で満たしたのだから、引きあげられないほどの深みへもぐって死ぬことはあるまい。すぐに旋回をはじめるだろうから、そのとき仕留めなくてはならない。なぜあんなに急に動きだしたのか。腹が減って捨て鉢になったのか、それとも夜の何かに怯えたのか。急に恐怖を感じたということはありうる。だが、やつは実に落ち着いたたくましい魚で、恐れ知らずで自信満々に見えた。なんとも不思議だ。

「自分が恐れ知らずで自信満々になればいいんだ、じいさん」老人は言った。「いまはやつをまた押さえこんでいるが、たぐり寄せることはできない。でも、まもなくやつは旋回しはじめるはずだ」

左手と両肩で魚を押さえこんだまま、老人はかがみこんで右手で海水をすくい、顔についたシイラのつぶれた肉片を洗い落とした。そのままだと気分が悪くなり、吐いて体力を奪われかねないと考えたからだ。顔をきれいにしたあと、舟べりから右手を伸ばして洗い、しばらくそのまま海水に手を浸けながら、日の出前に差してきた曙光へ目をやった。やつはおおむね東へ向かっている、と思った。つまり、くたびれて、潮の流れに乗っているわけだ。じきに旋回するだろう。そのときこそ本番のはじまりだ。

もう右手をじゅうぶんに水に浸けたと考え、引きあげて様子を見た。

「悪くない」老人は言った。「それに、男にとって痛みなど些細なことだ」

新しい切り傷のどこにもふれないように注意深く釣縄をつかみ、体重を横へ移動させて、反対側の舟べりから左手を海水に浸した。

「おまえは役立たずだが、まずまずの働きをした」老人は左手に言った。「ただし、行方知れずのときもあったな」

なぜまともな両手で生まれてこなかったのか、と思った。たぶん、左手をしっかり鍛えなかった自分が悪い。とはいえ、こいつが学ぶ機会はたくさんあったはずだ。それでも、夜の働きは悪くなかったし、痙攣したのも一度きりだった。こんど攣ったら、釣縄で切り落としてやる。

そんなことを考えていると、頭がぼんやりしているのに気づき、シイラをもう少し食べておこうと思った。いや、それはまずい、と老人は自分に言った。吐いて体力を失うより、頭がぼんやりしているほうがましだ。それに、あれに口をつけても食べきれないのは、顔にへばりつかせたからよくわかっている。腐るまでは非常用にとっておこう。なんにせよ、いまさら栄養をとって体力をつけても手遅れだ。いや、ばかなやつめ、と自分に言った。もう一匹のトビウオを食えばいい。

トビウオははらわたを抜いていつでも食べられるようにしてあったので、左手でつまんで口に入れ、骨もていねいに嚙んで尻尾(しっぽ)までたいらげた。

トビウオはたいていの魚より栄養がある、と思った。少なくとも、いまの自分に必要な力はつく。これで自分ができることはすませた。やつに旋回させて、戦闘開始だ。

海へ出てから三度目の日の出を迎えたころ、魚は旋回をはじめた。

釣縄の傾きを見ても、旋回しているとはわからなかった。まだ早すぎるのか。ただ、縄にかかる力がかすかに弱まったのを感じ、右手でそっとたぐりはじめた。いつものようにきつく張ったが、切れそうな寸前で、縄が手前へ動きだした。そこで、肩と頭から縄を滑らせてはずし、それをゆっくりと着実にたぐっていった。両手を振り子のように動かして、体と両脚に全力をこめて引く。その動きに合わせて、老いた脚と肩が左右に揺れた。

「ずいぶんでかい円だ」老人は言った。「だが、やつはまわっている」

やがてそれ以上縄をたぐれなくなり、つかんだままでいると、水滴が縄から飛び散って日差しできらめいた。縄がまた出ていくので、老人はひざまずき、やむなく暗い海水のなかへ縄をもどした。

「やつはいま、円の向こう側を大まわりしている」老人は言った。全力で引きとどめなくてはならない。引くたびに円が小さくなるはずだ。一時間もすれば姿を拝めるだろう。さあ、やつを観念させて、とどめを刺せ。

しかし、魚はゆっくりと旋回しつづけ、二時間もすると老人は汗だくで骨の髄まで疲れていた。とはいえ、魚の描く円はずいぶん小さくなり、釣縄の傾き具合からして、徐々に浮きあがっているのはたしかだった。

この一時間、目の前にいくつか黒い斑点(はんてん)が見え、また、汗の塩分が目にはいって、目の下と額の切り傷にも浸(し)み入っていた。黒い斑点は気にならなかった。釣縄を強く引くときにはよくある。だが、気が遠くなってめまいがしたことが二度あり、それは心配だった。

「これほどの魚の前で、へまをやらかして死ぬわけにはいかない」老人は言った。

「ついにお目見えというわけだから、神よ、どうか力を与えてくれ。〈主の祈り〉を百回、〈アヴェ・マリア〉を百回唱えたっていい。いや、いまは無理だが」

唱えたことにしてもらおう、と思った。あとで唱えるから。

そのとき突然、両手でつかんでいた釣縄に衝撃と強い引きが訪れた。鋭く、きびしく、重い手応え(てごた)だった。

槍(やり)のような嘴(くちばし)でワイヤーの鉤素(はりす)を叩(たた)いている、と思った。当然そうなるだろう。そうせずにはいられまい。跳びあがるかもしれないが、いまはこのまま旋回していてもらいたい。跳びあがるのは空気を吸うためだ。けれども、そのたびに針でできた傷口がひろがって、針を吐き出す恐れもある。

「跳びあがるな、魚よ」老人は言った。「跳ぶんじゃない」

魚はさらに頭を振って何度かワイヤーを叩き、そのたびに老人は少しずつ縄を繰り出した。

これ以上痛がらせてはまずい、と思った。自分の痛みはどうでもいい。それは我慢できる。だが、やつは痛がると逆上しかねない。

しばらくすると、魚はワイヤーを叩くのをやめ、またゆっくりと旋回をはじめた。老人は釣縄をたぐりつづけた。けれども、また意識が遠のきそうになる。左手で海水を少しすくい、頭にかけた。さらに水をかけ、うなじをさすった。

「もうどこも痙攣していない」老人は言った。「やつはすぐにあがってくるから、こちらも持ちこたえられる。持ちこたえなくてはな。言うまでもないことだ」

船首でひざまずき、しばらくのあいだ、縄をまた背中で滑らせた。やつが遠くを旋回しているあいだは体を休め、近づいてきたら、立ちあがって相手にしてやろう、と心に決めた。

船首で休んで、縄をたぐらずにただ魚を旋回させているうちに、ずっとこうしていたいという強烈な誘惑に駆られた。しかし、縄の様子から魚が向きを変えて舟へもどってきているのがわかると、老人は立ちあがり、体を左右に揺らしながらたぐれるだけの縄をたぐった。

こんなに疲れたのははじめてだ、と思っていると、いまや貿易風が吹きはじめていた。この風はやつを連れて帰るのに役立つ。待ち焦がれていた風だ。

「やつがもうひとまわりして遠ざかったら、こちらは休もう。気分はずいぶんよくなった。あと二、三周したところでつかまえてやる」

麦わら帽子を頭のずっと後ろへ落としたまま、船首にかがんでいると、縄が引かれるのを感じ、魚が向きを変えるのがわかった。

好きに動いていろ、魚よ、と思った。まわってきたところをつかまえてやる。海がずいぶん波立ってきた。ただし、これは晴天時には頼りになる風で、帰るには必要だった。

「少し南西へ向かおう」老人は言った。「海で迷子になるやつはいないし、帰るのは細長い島だ」

三度目の旋回のとき、ようやく魚の姿が見えた。

最初は黒い影として、ずいぶん時間をかけて舟の下を通り過ぎていき、信じられないほどの体長だとわかった。

「まさか」老人は言った。「あんなにでかいはずがない」

しかし、たしかにその大きさで、周回の最後に舟からわずか三十ヤードの海面までやってきて、尻尾を見せた。それは大きな草刈り鎌の刃渡りよりも長く、濃紺の海にごく薄い藤色のものが突き出している。尻尾は後方へ反っていて、魚が海面すれすれを泳いでいると、巨体と紫の縞(しま)が見えた。背びれをたたみ、左右の巨大な胸びれを横にひろげている。

　この周回では、大魚の両目と、まわりを泳ぐ二匹の灰色のコバンザメが見えた。コバンザメはときに密着する。ときにさっと離れる。ときに大魚の陰でのんびり泳ぐ。二匹とも長さは三フィート以上あり、すばやく泳ぐときにはウナギのように全身を激しくくねらせた。

老人は汗をかきはじめていたが、日差しのせいだけではなかった。魚が悠々と一周するごとに釣縄をたぐり、あと二周もすれば銛を打ちこむ機会が来ると信じていた。

だが、もっと、もっと、もっと近くまで引き寄せなくてはならない、と思った。頭を狙ってはだめだ。心臓を狙え。

「落ち着いて、しっかりやれよ、じいさん」老人は言った。

つぎの周回では、魚の背中が現れたが、舟から少し遠すぎた。そのつぎにまわってきたときもまだ離れていたが、より高く海面から出たので、もう少し縄をたぐれば舟べりまで引き寄せられると確信した。

銛の準備はずっと前にできていて、軽めの縄を輪に巻いて丸籠に入れ、その端を船首の係柱にくくりつけてある。

魚が旋回して近づいてきた。ゆったりした優雅な姿で、大きな尻尾だけを動かしている。老人はありったけの力でたぐり、舟に引き寄せた。ほんの一瞬、魚が少し横向きになった。しかし、すぐに体勢をもどし、またまわりはじめた。

「ふらついたな」老人は言った。「ふらつかせてやったぞ」

また気が遠くなりそうだったが、渾身（こんしん）の力で大魚を押さえつづけた。ふらつかせてやったぞ、と心のなかで繰り返した。たぶん、こんどは仕留められる。しっかり引け、両手よ。踏ん張れ、両脚よ。頼むから持ちこたえてくれ、頭よ。頼むぞ。おまえはいつだって頼りになったじゃないか。さあ、こんどこそやつを引き寄せてやる。

だが、気力を奮い立たせ、魚がそばへ来る前からたぐりはじめて、全力で引いたにもかかわらず、魚は少しぐらついただけで、すぐに立ちなおって遠ざかった。

「魚よ」老人は言った。「魚よ、おまえはどのみち死ななくてはならない。おれを道連れにしないと気がすまないのか」

そんなことをしても何も得られまい、と老人は思った。口のなかが乾きすぎて声が出なかったが、いまは水に手を伸ばすこともできない。こんどこそ、そばまで引き寄せなくては、と思った。これ以上まわられたら、こちらがもたない。いや、おまえならやれる、と自分に言い聞かせた。おまえなら、いつまでもやれる。

つぎの周回では、惜しいところまで行った。しかし、魚はまた体勢をもどし、ゆっくりと遠ざかっていった。

おれを殺すつもりか、魚よ、と思った。とはいえ、おまえにはその資格がある。兄弟よ、おまえほど大きく、美しく、悠然として、気高い者には一度も出会ったことがない。さあ、来い、おれを殺せ。どちらがどちらを殺そうとかまうものか。

頭が混乱してきたぞ、と思った。頭をすっきりさせろ。頭をすっきりさせて、苦痛にどう立ち向かうかを決めろ。男として、人間として。それとも、魚として、か。

「しっかりしろ、頭よ」老人は自分でもほとんど聞きとれない声で言った。「しっかりしろ」

さらに二周、同じことが繰り返された。

わからない、と老人は思った。魚が来るたびに、気を失いそうになった。わからない。だが、もう一度やってみよう。

もう一度やってみて、魚を引き倒したとき、気が遠くなりかけた。魚は体勢をもどし、大きな尾びれを宙でくねらせて、またゆっくりと遠ざかった。

もう一度だ、と老人は心に誓ったが、いまや両手に力がはいらず、目もときどきしか見えなかった。

もう一度やってみたが、同じだった。それなら、と思ったが、動く前から意識が飛びそうになった。もう一度だ。

　これまでの数々の痛み、わずかに残された力、とうの昔に消え去った誇りを全部まとめて、魚の苦しみにぶつけてやると、魚は横倒しになって近づいてきた。

　そのまま静かに泳ぐ魚は、嘴(くちばし)が舟の側面にふれそうで、通り過ぎる姿は、長く、深く、幅があり、銀色で、紫の縞が走り、いつ果てることもなく水中をよぎっていく。

　老人は縄を手放して足で踏みつけ、銛をできるだけ高くあげると、満身の力をこめたうえに、残りの力まで奮い起こし、自分の胸の高さまであがっていた大きな胸びれの後ろの横腹めがけて、その銛を振りおろした。鉄の銛先が刺さる手応(てごた)えを感じるや、そこへ体を預けてさらに深くまで突っこみ、全体重をかけて押しこんだ。

　そのとき、内に死を宿した魚が生気を取りもどし、海面から高々と跳びあがって、長く厚みのあるすばらしい体と、大いなる力と、その美しさを見せつけた。まるで、舟のなかにいる老人の頭上高くで静止したかのようだ。それから海面に激しい音を立てて落下し、老人と舟の一面に水しぶきを浴びせた。

　老人は気が遠くなり、吐き気がして、目もよく見えなかった。それでも、銛の縄のもつれをほぐし、皮のむけた両手から縄をゆっくりと繰り出すと、かすむ目でどうにか見えたのは、魚が銀色の腹をさらして仰向け(あおむ)になった姿だった。銛の柄が肩の部分から斜めに突き出ていて、心臓から流れる真っ赤な血で海が染まりつつある。最初は、まるで水深一マイル以上の青い海中に集まった魚群のようにどす黒かった。やがてそれが雲のように散った。魚は銀色で、じっと波間に漂っていた。

老人はかすかに目にはいるその光景を注意深く見やった。それから銛の縄を船首の係柱に二周巻きつけて、両手で自分の頭を支えた。

「頭をすっきりさせろ」船首の厚板に寄りかかって言った。「おれはくたびれた老人だ。だが、兄弟であるこの魚を仕留めて、これから面倒なあと始末だ」

まずは、輪縄を用意してこいつを舟の横にくくりつけられるようにしなくては、と思った。仮にこちらがふたり組で、舟を水浸しにしながらどうにか魚を引きあげて、あとで水を搔(か)き出したとしても、この舟があの巨体を載せて持ちこたえるはずがない。準備万端整えてから、やつを引き寄せて舟にしっかり縛りつけ、マストを立てて港へ帰ろう。

老人は魚を舟の横に添わせようと、引き寄せはじめた。鰓(えら)から口まで釣縄を通して、頭を船首の横に固定するためだ。この目でやつの姿を見たい、と思った。この手で体にふれ、感触を味わいたい。やつはおれの宝だ。しかし、そんな理由でさわりたいわけではない。さっき、やつの鼓動を感じた。二度目に銛を押しこんだときだ。さあ、舟べりにぴったり引き寄せて、輪縄を尻尾にかけ、胴のまわりにもかけ、舟にくくりつけろ。

「はじめろ、じいさん」老人は言った。水をほんの少し飲んだ。「闘いがすんで、つぎはあと始末の仕事がたっぷり残っている」

空を見あげ、それから魚へ目を向けた。太陽の位置をよく見る。正午からまだあまり経っていない、と思った。そして貿易風が吹きはじめている。釣縄はお役御免だ。帰ったら、あの子といっしょにつなぎ合わせよう。

「こっちへ来い、魚よ」老人は言った。しかし、来なかった。波間に浮いて揺られているだけなので、舟をそちらへ近づけた。

真横に並んで魚の頭を船首の隣に寄せると、信じがたい巨体だとわかった。ともあれ、係柱から銛の縄をほどくと、それを魚の鰓に通して口から出し、突き出た嘴をひとまわりさせたあと、こんどは反対側の鰓に通して、もう一周嘴に巻きつけてから、二重結びにして船首の係柱にしっかりくくりつけた。そして縄を切り、船尾へ行って尾びれに輪縄をかけた。魚は本来の紫がかった銀色からただの銀色に変わり、縞模様は尾びれと同じ淡いすみれ色に見える。縞の幅は指をひろげた大人の手のひらより広く、目玉は潜望鏡の反射鏡や祭礼行列の聖者像のようにうつろだった。

「殺し方としてはあれしかなかった」老人は言った。水を飲んで気分がよくなり、もう意識が遠のくことはなさそうで、頭もすっきりしていた。あれなら体重が千五百ポンド以上あるだろう、と思った。それよりはるかに重いかもしれない。捌いて身だけにしたら三分の二になるとして、一ポンドあたり三十セントで売ったらどうなるのか。

「計算には鉛筆が必要だ」老人は言った。「まだそこまで頭が働かないな。だが、偉大なディマジオもきょうのおれを誇りに思ってくれるはずだ。おれの踵に骨棘はない。でも、両手と背中の痛みはひどいものさ」骨棘とはなんなのか、と思った。知らないだけで、自分たちにもあるのかもしれない。

老人は魚を船首と船尾に、そして中央の横木にもくくりつけた。あまりの巨体で、まるでひとまわり大きな舟を横につないでいるかのようだった。釣縄を少し切って、魚の下顎を嘴に縛りつけ、口を閉じて進みやすくした。それからマストを立て、棒切れを斜桁代わりにして帆桁をつけると、継ぎはぎだらけの帆が風を受けて舟が進みはじめたので、老人は船尾に半ば横たわって南西に針路をとった。

　南西の方角を知る羅針盤は不要だった。貿易風の肌ざわりと帆の張り具合だけでじゅうぶんわかる。短い釣縄に疑似餌をつけて垂らし、腹を満たして口を湿らせるものを何か手に入れよう、と思った。しかし、疑似餌は見つからず、イワシは腐っていた。そこで、近くにあった黄色いホンダワラの塊を手鉤で引っかけ、それを揺すると、中にいた小さなエビが舟の底板につぎつぎと落ちた。エビは十匹余りいて、ハマトビムシのように飛び跳ねている。老人は親指と人差し指でその頭をむしりとり、殻と尻尾までよく嚙んで食べた。ずいぶん小さいエビだが、滋養があって味がよいのを知っていた。

　瓶にはまだ二回飲めるぶんの水が残っていたので、エビを食べたあと、一回ぶんの半分だけ飲んだ。重荷をかかえている割に舟はよく走り、老人は舵棒を脇にはさんで操った。視界にはあの魚があり、自分の両手をながめたり船尾に預けた背中の痛みを感じたりするだけで、これが現実に起こったことで、夢ではないとわかった。決着がつく前のひどい気分だったときには、これは夢ではないかと思ったものだ。その後、魚が海面から跳びあがって、宙で静止してから落ちたのを見たときには、とてつもなく異様な出来事に感じられて信じられなかった。そのときは目がよく見えなかったが、もうふだんどおりにもどっている。

いまは魚がそこにいるし、両手や背中のことも夢でないとわかっている。手はすぐに回復する、と老人は思った。血が出きったから、塩水が傷を治してくれるだろう。メキシコ湾流の濃紺の水は何よりの良薬だ。あとは、頭をすっきりさせるだけでいい。手がしっかり役目を果たしたから、舟は順調に走っている。やつは口を閉じて尻尾を垂直に立て、おれたちは海を進む兄弟のようだ。やがて頭が少し混濁しはじめ、やつが自分を連れているのか、それとも自分がやつを連れているのか、と考えた。こちらが前で引っぱっているなら、迷いようがない。あるいは、やつが見苦しく舟のなかに鎮座していても、やはり迷うまい。だが、両者がつながって並走しているので、お望みならやつが導いていることにしてやろう、と思った。こちらの策がまさっただけで、向こうは危害を加えるつもりなどなかったのだから。

舟と魚は順調に進みつづけ、老人は両手を海水に浸して頭をすっきりさせようとした。積雲が空高くそびえ、さらにその上に巻雲がひろがっているので、陸風がひと晩じゅう吹くと予想できた。老人は絶えず魚に目をやって、夢ではないことをたしかめた。それから一時間して、最初のサメが襲ってきた。

サメが現れたのは偶然ではない。どす黒い血の雲が沈んで一マイルの海底でひろがったせいで、深海からサメがやってきた。なんの前ぶれもなく急浮上し、青い海面を突き破って陽光を浴びた。それからまた海中に没し、血のにおいを嗅(か)ぎつけて、舟と大魚の進んだ跡をたどった。

ときどき臭跡を失うこともあるが、また探りあてたり、かすかな痕跡(こんせき)を見いだしたりして、猛然と追ってくる。ずいぶん大きなアオザメで、海のどの魚にも劣らず速く泳げる体形を持ち、顎(あご)を除くすべてが美しかった。背はメカジキに似て青く、腹は銀色で、表皮はなめらかで見映えがよい。メカジキと同じ体つきだが、巨大な顎だけは別で、いまはその顎をしっかりと閉じ、大きな背びれを揺らすことなく海面のすぐ下をすばやく泳いで、水を切り裂いている。固く閉じた二重の唇のような上下の顎のなかには、八列の歯が内側に向かって斜めに並んでいる。それは大半のサメに具(そな)わるふつうのピラミッド形の歯ではない。何かをつかもうとする人間の指を思わせる、鷲爪(わしづめ)のような形の歯だ。長さは老人の手とほぼ同じで、表裏ともに剃刀(かみそり)のように鋭い。海にいるあらゆる魚を捕食できそうな体形のサメで、どれほどすばやくて強くてすぐれた武器を具えた魚もこれにはかなわない。いま、そのサメが新たな血のにおいを嗅ぎつけて、青い背びれで水を切り裂きつつ速度をあげていた。

老人はやってくるサメを見て、何者も恐れずになんでも好き放題にやってのける相手だと悟った。近づくサメを見守りながら、銛を用意して、そこに縄をしっかりつないだ。縄は魚をくくりつけるときに切ったので、そのぶん短くなっている。

頭はもうすっきりと調子がよく、覚悟もできていたが、望みはほとんどなかった。よいことは長つづきしない、と思った。迫りくるサメを見ながら、大魚を一(いち)瞥(べつ)した。いっそ夢であったほうがよかったかもしれない。サメの襲撃は避けられないが、反撃はしてやれる。でか歯(デントゥーソ)め。おまえの母親に呪いあれ。

サメが船尾にすばやく迫り、魚に襲いかかったとき、老人の目に見えたのは、大きくあけた口、不気味な目、そして歯を打ち鳴らしながら前進して尾の付け根の肉に嚙みつくさまだった。サメの頭部が海面から出て、背中も見えはじめ、魚の皮と肉が引きちぎられる音が聞こえてくると、老人はサメの脳天に、つまり左右の目を結ぶ線と鼻から背中へまっすぐ延びる線とが交わる一点に銛を突きおろした。実際にそんな線があるわけではない。そこには、頑丈そうなとがった青い頭部と、大きなふたつの目と、歯を鳴らしてなんにでもかぶりつく突き出た両顎(りょうあご)があるだけだ。しかし、脳があるのはまさにそこで、老人はその一点を突き刺した。血まみれの両手で鋭い銛(もり)を操り、ありったけの力で一撃を食らわせた。なんの見こみもなかったが、腹を据えて、強烈な敵意をこめて打ちこんだ。

サメは大きく横転し、目にもう生気がないのが見てとれたが、それからもう一度大きく横転して、自分の体に縄を二周巻きつけることになった。もう死んだはずだが、サメはそれを認めようとしなかった。仰向(あおむ)けになって尾をばたつかせ、顎を打ち鳴らしながらモーターボートのように水面を切って進んでいく。尾に叩(たた)かれた海面が白くなり、そこから体の四分の三がはっきり見えたとき、銛の縄が強く張り、震え、そして切れた。サメはしばらくのあいだ海面に静かに横たわっていて、老人はそれをじっと見つめた。やがて、ゆっくり、ゆっくりと沈んでいった。

「四十ポンドほど食われたな」老人は声に出して言った。銛も縄もそっくり持っていかれ、そのうえ、あの魚がまた血を流したからサメがもっと現れるだろう。

無残に食いちぎられた魚を、もう見る気になれなかった。魚が襲われたときには、自分が襲われたように感じた。

だが、おれの魚を襲ったサメをおれが殺してやった、と思った。それも、これまで見たなかでいちばん大きなでか歯（デントゥーソ）だ。大きいやつはさんざん見てきたが。

よいことは長つづきしない、と思った。いまとなっては、これが夢で、あんな魚を引っかけることもなく、新聞紙を敷いたベッドでひとりで寝ていればよかった。

「しかし、人間は負けるようにはできていない」老人は言った。「叩きのめされることはあっても、負けはしない」あの魚を殺したのはすまなかったが、と思った。いまや苦難のときが近づいているが、自分には銛すらない。でか歯（デントゥーソ）は残忍で、能力が高く、屈強で、知恵がある。とはいえ、知恵ならおれのほうがある。いや、そうでもないか。いい武器を持っているだけかもしれない。

「考えるな、じいさん」老人は声に出して言った。「このまま進みつづけて、いざとなったら、そのときはそのときだ」

それでも考えなくては、と思った。自分に残されたのはそれだけなのだから。あとは野球か。サメの脳天へ食らわせた一撃を、偉大なディマジオは気に入ってくれただろうか。たいしたことではない、と思った。あのくらい、だれでもできる。だが、おれの両手も骨棘（こっきょく）に劣らず戦いには不利だったろう？　自分ではわからない。踵を悪くした経験と言えば、泳いでいるときに踏んだアカエイに踵を刺され、脚の下のほうが痺れてひどく痛かったことぐらいだ。

「何か楽しいことを考えろ、じいさん」老人は言った。「いま、おまえは刻一刻と家に近づいている。肉を四十ポンドとられたぶん、舟足が軽くなったんだ」

海流の真ん中にはいるとどんなことが起こるかは、よくわかっていた。しかし、いまできることは何もない。

「いや、ある」老人は声に出して言った。「片方のオールの根元にナイフを縛りつけよう」

そこで舵棒を脇にかかえ、帆綱を足で押さえながらその作業をした。

「よし」老人は言った。「おれは年寄りだ。でも、まだ武器はある」

風が強くなり、舟は順調に進んでいた。魚の前側だけを見ていると、いくらか希望がよみがえった。

希望がないのは愚かなことだ、と思った。そのうえ、罪深い。いや、罪のことは考えるな。いまは罪以外に山ほど問題がある。それに、罪のことはまったくわからない。

罪のことはわからないし、そんなものがあると信じているかどうかもわからない。たぶん、あの魚を殺したのは罪だろう。たとえ自分が生きるため、おおぜいの人の腹を満たすためだったとしてもそうだ。しかし、それでは何もかもが罪になる。罪のことは考えるな。いまさら考えても手遅れだし、考えることを商売にしている連中もいる。そいつらにまかせておけ。魚が魚に生まれついたように、おまえは漁師に生まれついた。聖ペテロも漁師だったし、偉大なディマジオの父親もそうだった。

だが老人は、自分のかかわるあらゆることを考える性分で、いまは読むものもラジオもないので、あれこれと思いをめぐらし、罪について考えつづけた。あの魚を殺したのは、自分が生き長らえるためと食い物として売るためだけだったのではない、と思った。殺したのは自尊心のためであり、それは漁師だからだ。やつが生きていたときには愛していたし、死んだあとも愛していた。愛しているなら、殺しても罪にならない。それとも、むしろ重い罪なのか。

「考えすぎだよ、じいさん」老人は声に出して言った。

しかし、でか歯（デントゥーソ）を殺したときは気分がよかったものだ、と思った。あいつもおまえと同じように、生きた魚を食って生きている。腐肉をあさる手合いではないし、ほかのサメのようにただ食欲を満たすだけでもない。あいつは美しく、気高く、まったく恐れを知らない。

「あいつを殺したのは自分を守るためだった」老人は声に出して言った。「殺し方も悪くなかった」

それに、どんなものも何かの形でほかのものを殺している。漁はおれを生かしもすれば殺しもする。あの子はおれを生かしている、と思った。あまり自分をごまかしてはいけない。

舟べりから身を乗り出し、サメが食いちぎったあたりの魚の肉を少しむしりとった。嚙んでみると、上質で味がよいとわかった。獣肉のように身が締まって汁気もあるが、色は赤くない。中に筋もないので、市場でとびきりの高値がつくはずだ。とはいえ、海中からこのにおいを消す手立てはなく、老人は最悪の事態が迫っていることを覚悟した。

風は安定して吹いていた。やや北東向きにもどったが、弱まることはないだろう。前方に目を向けても、帆も船影も船からの煙も、何ひとつ見えない。船首から飛んできて左右を過ぎ去っていくトビウオたちと、ところどころに黄色いホンダワラが見えるだけだ。一羽の鳥すら目につかなかった。

舟を走らせて二時間、老人が船尾で楽な姿勢をとりながら、ときどきカジキの身を少し食べて、休息と体力の回復につとめていると、二匹いるサメの一匹目が目にはいった。

「あいい」老人は声に出して言った。この音はことばに置き換えようがなく、たとえば、両手を釘で板に打ちつけられた人間が思わず発する叫び声と同じかもしれない。

「まだらめ」声に出して言った。一匹目の背びれの後ろから二匹目の背びれが迫ってくるのが目に留まり、茶色い三角形の背びれと振り払うような尻尾の動きから、シャベル状の鼻先を持つサメだと老人は見定めた。血のにおいを嗅ぎつけて興奮し、あまりの空腹でおかしな動きをしながら、臭跡を失ったり見つけたりして騒いでいる。ただ、そのあいだもずっと迫っていた。

老人は帆綱をしっかりつなぎ、舵棒も固定した。それから、ナイフを縛りつけたオールをつかんだ。両手が痛みで言うことを聞かないので、持つときはわずかな力しか入れていない。そして、オールを握る両手を開いたり閉じたりして慣らした。痛みに耐えてひるむことがないように、あらためて力をこめて両手で握り、迫りくるサメに目を向けた。シャベルのように突き出た平たい頭部と、先端が白い幅広の胸びれが見える。悪臭を放つ忌々しいサメで、殺し屋でありながら腐肉もあさり、腹を空(す)かせると舟のオールや舵棒にまで噛みつく。海面に浮かんで寝ているカメの四肢を食いちぎるのもこのサメで、腹が減ったときには、魚の血や粘液のにおいがついていなくても、海中にいる人間に襲いかかる。

「あいい」老人は言った。「まだらめ(ガラーノ)。さあ、来い、まだら(ガラーノ)」

二匹のサメが来た。しかし、さっきのアオザメとは攻め方がちがう。一匹は体をひるがえして舟の下に姿を消し、そいつがあの魚を突いたり引きちぎったりするたびに、老人は舟の揺れを感じた。もう一匹は細長く黄色い目で老人を見つめていたが、やがて半円形の顎(あご)を大きくあけて、魚のすでに噛みちぎられたところに食らいついた。茶色い頭の先から背中にかけて、脳と脊髄(せきずい)のつながるあたりに線がはっきり見え、老人はその継ぎ目を狙って、オールに縛りつけたナイフを打ちこみ、一度引き抜いてから、こんどは猫の目のような黄色い両の目にまた突き刺した。サメは魚から離れて滑るように沈み、食いちぎった肉を呑(の)みこみながら息絶えた。

舟はまだ揺れていたが、それはもう一匹のサメがあの魚を食い荒らしているからであり、老人は帆綱をほどいて舟を横にまわし、サメを下からおびき出した。姿が見えると、老人は舟べりから身を乗り出して一撃を加えた。体にはあたったが、皮が硬くてナイフがほとんど突き刺さらない。力をこめて叩(たた)いたせいで、老人は両手だけでなく、肩まで痛めた。しかし、サメがすばやく浮上して海面から頭部を出し、鼻面を魚に載せた瞬間、老人はサメの平たい頭部の中心を直撃した。ナイフを引き抜き、まったく同じ場所をまた突き刺す。サメが顎を閉じて魚に食らいついたままなので、老人は左目を刺した。それでもサメは離れなかった。

「だめか」そう言って、サメの脊椎骨(せきついこつ)と脳のあいだにナイフを突き入れた。こんどは楽に刺さり、軟骨を切断した手応(てごた)えがあった。オールを逆さに持ち、ナイフを顎のあいだに入れてこじあけた。刃をねじると、ようやくサメは顎をゆるめた。

「よし、まだら(ガラーノ)。そのまま一マイルの深さの海底に沈んでしまえ。そこでさっきの仲間に会うといい。いや、あれは母親だったのかもな」

老人はナイフの刃をぬぐって、オールを下に置いた。それから帆と帆綱が風を受けているのをたしかめ、舟の針路をもどした。

「あいつら、四分の一は食いちぎったろうな。それも、いちばん上等なところを」老人は声に出して言った。「これが夢で、そもそもあの魚を引っかけなければな。悪かったな、魚よ。何もかも、ひどいことになった」ことばを切り、もう魚を見る気にもならなかった。血が抜けて波に洗われている魚は、いまや銀色の鏡の裏張りを思わせる色だが、まだ縞模様は見えた。

「おれが遠出しすぎたんだ、魚よ」老人は言った。「おれのためにも、おまえのためにもならなかった。すまない、魚よ」

さて、と老人は自分に言い聞かせた。ナイフを縛った縄を見て、切れていないかたしかめろ。ほかにもまだ来るだろうから、手の調子も整えよう。

「ナイフを研ぐ砥石があればいいんだが」オールに結びつけた縄の具合をたしかめてから言った。「砥石を持ってくればよかった」あればいいものがたくさんある、と思った。だが、どれも持ってこなかったんだよ、じいさん。いまは、ないもののことを考えている場合ではない。ここにあるもので何ができるかを考えろ。

「おまえはいい助言をたくさんしてくれるが」老人は声に出して言った。「おれはもう聞き飽きたよ」

舵棒を小脇にかかえて両手を水に浸け、舟が前へ進むのを感じた。

「最後のやつはいったいどれだけ食ったのか」老人は言った。「ともあれ、舟はずいぶん軽くなった」魚の食い荒らされた腹のことは考えたくなかった。サメがぶちあたるたびに肉が食いちぎられたのはまちがいなく、いまや、あらゆるサメを寄せつける魚の臭跡が生み出され、それは海を走る幅広の幹線道路並みだ。

ひとりの男がひと冬暮らせる稼ぎを生む魚だったのに、と思った。そんなことを考えるな。よく休んで、両手の調子を整え、残ったものを守るだけでいい。この手の血のにおいなど、海中に撒き散らされたにおいに比べたら、些細なものだ。たいして血が出ているわけでもない。深傷を負ってもいない。出血が左手の痙攣を抑えることもありうる。

いま考えられることはなんだろうか、と思った。何もない。何も考えずに、つぎに来るやつらを待つしかない。夢だったらどんなによかったか。いや、そうだろうか。いい結果に終わったかもしれない。

つぎに来たのは一匹で、また平たい鼻面のサメだった。餌桶に突進する豚を思わせたが、豚にしては異様に口が大きく、人間の頭がはいるほどだ。老人はサメに魚を襲わせるままにして、オールに縛りつけたナイフを脳天に突き刺した。しかし、サメが体をよじりながら飛びすさったせいで、ナイフの刃が音を立てて折れた。

老人は舵をとることに集中した。大きなサメは海中へゆっくりと沈み、最初は等身大だったのがしだいに小さく、そしてちっぽけな点に変わっていったが、老人はそれをまったく見ようとしなかった。いつもなら、そんな光景に惹かれる。

だが、いまは目もくれなかった。

「まだ手鉤がある」老人は言った。「でも、役に立つまい。あとはオール二本と、舵棒と短い棍棒か」

すっかりやられてしまった、と思った。この歳では、棍棒でサメを殴って殺すことなどできない。しかし、オールと舵棒と棍棒があるかぎりは、やれるだけのことはやろう。

両手をまた海水に浸した。午後の遅い時間になり、見渡すかぎり海と空だけだ。上空で風が強くなっていたので、陸地が見えてくることを祈った。

「疲れたな、じいさん」老人は言った。「体の芯から疲れた」

サメがまた襲ってきたのは、かなり経って、日が沈む直前だった。

あの魚が海中にはっきり残したにちがいない臭跡をたどって、茶色い背びれがふたつ向かってくるのが見えた。においを嗅ぎまわってさえいない。二匹並んで、舟にまっすぐ突進してきた。

老人は舵を固定して、帆綱をしっかりつないだあと、船尾の下にある棍棒に手を伸ばした。折れたオールの柄を二フィート半ほどの長さに切ったものだ。握りの形のせいで片手でしかうまく持てないので、右手でつかんで手のひらになじませながら、向かってくるサメを観察した。両方ともまだら(ガラーノ)だ。一匹目にしっかり食らいつかせて、鼻面の先か、脳天にまっすぐ走る線を殴ってやろう、と思った。

二匹そろって近づいてきた。すぐそばまで来たやつが大きく口をあけて、あの魚の銀色の腹に嚙(か)みつくのが見えるや、老人は棍棒を高く振りあげて激しく打ちおろし、そいつの平たい頭を殴った。その瞬間、ゴムのような弾力のある硬さを感じた。それとともに骨の硬さも感じ、もう一度、こんどは鼻面を強く殴りつけると、そいつは魚から滑り落ちた。

もう一匹は近づいたり離れたりしていたが、ついに口を大きくあけて向かってきた。魚にぶちあたって嚙みついたときに、顎(あご)の端から魚の白い肉片がこぼれるのが見えた。老人は棍棒を振りおろしたが、頭にあたっただけだったので、サメは老人を見てから、魚の肉を食いちぎった。肉を呑みこもうと体を離したサメに、もう一度棍棒を振りおろしたが、重く硬いゴムの感触しかしなかった。

「来い、まだら(ガラーノ)」老人は言った。「もう一度かかってこい」

サメが突進してきて、また嚙みついた瞬間、老人はもう一発見舞った。棍棒をできるだけ高く振りあげ、渾身(こんしん)の力で殴りつけた。こんどは脳髄の底にある骨をとらえた感触があったので、もう一度同じところを叩くと、サメは力なく肉を嚙みちぎりながら、魚からずり落ちていった。

もう一度来るかと見張ったが、どちらのサメも現れなかった。しばらくして、一匹が海面で旋回しているのが見えた。もう一匹は背びれすら見えなかった。あの二匹を仕留めるのは無理だろう、と思った。若いころならできたかもしれない。ただ、二匹ともかなり痛めつけたから、どちらも気分爽快とは行くまい。もし両手を使ってバットを振れたら、一匹目のやつは確実に殺せたはずだ。いまの自分でも。

もうあの魚を見たくなかった。半分は食い荒らされたにちがいない。サメと闘っているあいだに、日が落ちていた。

「すぐに暗くなる」老人は言った。「そうなれば、ハバナの街明かりが見えるはずだ。東に寄りすぎたとしても、どこか別の浜辺の灯火が見えるだろう」

もう、さほどの沖合ではないはずだ、と思った。だれにもたいした心配をかけていないことを祈る。むろん、あの子だけは気が気でないだろう。しかし、きっと信じてくれている。年嵩の漁師たちもあらかた心配しているだろう。ほかの連中もそうだ。おれはいい村に住んでいる。

あまりにひどく痛めつけられた魚には、もう話しかけることができなかった。

そのとき、ある考えが浮かんだ。

「おい、半分の魚」老人は言った。「かつて魚だったやつよ。とんでもない沖合へ出て、すまなかった。そのせいで、おまえもおれもめちゃくちゃだな。だが、おれとおまえでサメをたくさん殺したし、ほかにもたくさん痛めつけた。おまえはいままでどれだけ殺したんだ、愛しい魚よ。顔の槍は意味もなくついているわけではあるまい」

魚のことを考えるのは楽しかった。もしやつが自由に泳げたら、サメを相手に何ができただろうか。それとも、あの嘴を切り落として、おれが武器にすればよかったか、と思った。しかし、手斧はなかったし、そのうえナイフも失った。けれども、もし嘴を切り落として、オールに縛りつけていたら、立派な武器になったはずだ。そうしたら、おれたちはいっしょに闘えたかもしれない。やつらが夜中に襲ってきたら、おまえはどうするのか。何ができるのか。

「闘うさ」老人は言った。「おれは死ぬまで闘う」

だが、暗いなかで街明かりも灯火も見えず、風だけがあって、帆が着実に舟を運ぶなか、老人は自分がもう死んだのかもしれないと感じていた。両手を合わせ、手のひらの感触をたしかめる。手は死んでいなくて、ただ閉じたり開いたりするだけで、生きているがゆえの痛みを覚えた。船尾にもたれかかると、自分がまだ死んでいないとわかった。左右の肩がそう教えてくれた。

魚をつかまえたら、約束した祈りのことばを全部唱えるんだったな、と思った。しかし、いまは疲労困憊で唱えられない。粉袋を肩にあてたほうがいい。

船尾にもたれて舵をとりながら、空に街明かりが映えてこないかとながめた。魚は半分残っている、と思った。たぶん、前の半分を持ち帰れるくらいの運はあるだろう。いくらか運があってもおかしくない。いや、と老人は言った。おまえは遠出をしすぎて、運にそむいたではないか。

「ばかばかしい」老人は声に出して言った。「いいから眠らずに舵をとれ。まだ運がたっぷり残っているかもしれない。

どこかで運を売っているなら、少しばかり買ってみたいものだ」

何を引き換えにすれば買えるのか、と自分に問いかけた。失った銛と折れたナイフとこのひどい両手を差し出せば、買えるのだろうか。

「買えるかもな」老人は言った。「おまえは八十四日間漁に出たことと引き換えに運を買おうとした。もう少しで買えるところだった」

ばかなことを考えるな、と思った。運はさまざまな形でやってくるから、だれも気づかない。もしわかるなら、どんな形であれ、おれもいくらか受けとって、相応の対価を支払おう。街明かりを見たくてたまらない、と思った。おれは願いが多すぎる。だが、いまの願いは明かりだ。老人はもっと楽な姿勢で舵をとろうとしたが、そこで体の痛みを感じ、自分がまだ死んでいないと思い知らされた。

夜の十時ごろと思われる時分に、街明かりの照り返しが見えた。最初はおぼろげで、月が出る前の空のようなほの明かりだった。そのうち、強まる風で荒れてきた海の向こうにはっきり見えるようになった。老人はその明かりの奥へ向けて舵をとり、じきにメキシコ湾流の端にぶつかると予想した。

ようやく終わる、と思った。あいつらはまた襲ってくるだろう。しかし、闇のなかで武器ひとつ持たない人間が、やつらを相手に何をできるというのか。

体がこわばってうずき、傷口や全身の無理をした部分が夜の寒さでひどく痛む。もう一度闘うのは勘弁してもらいたい、と思った。もう一度闘うなんて、とんでもない。

だが、真夜中にもならないうちに、老人は闘うことになり、しかも今回は無意味な闘いだとわかっていた。連中は群れをなしてやってきたが、見えたのは背びれが海面を切る線と、魚に体あたりするときに発する燐光だけだった。棍棒でいくつかの頭を殴ると、食らいつくときに顎が嚙み合う音や舟がきしむ音が聞こえた。感触と音だけを頼りに棍棒をやみくもに振りおろしたが、何かにつかまれたと感じた瞬間、棍棒は消え去った。

　老人は舵受けから舵棒を引き抜くと、両手で持って何度も何度も振りおろし、打ち据えたり叩いたりした。けれども、連中はこんどは船首にまわって、つぎつぎと、あるいは一斉にもぐって肉を食いちぎり、向きを変えてもどってくるころには、水中で白く光っていた。

　とうとう一匹が魚の頭に食らいつき、すべて終わりか、と老人は悟った。魚の頭が重すぎて嚙み切れず、顎を食いこませたままのサメの頭に、老人は舵棒を振りおろした。一度、二度、三度と繰り返し殴る。舵棒が折れる音がし、老人は残った棒の裂けた先端でサメを突き刺した。食いこんだ手応えで、じゅうぶんにとがっているとわかり、もう一度刺す。サメは魚から離れ、のたうちながら去った。それが群れの最後の一匹だった。食えるものはもう何も残っていなかった。

　老人はいまや息も絶え絶えで、口のなかに妙な味を感じた。銅のような甘い味で、一瞬不安になった。しかし、それはすぐに消えた。

海に唾(つば)を吐いて言った。「そいつを食らえ、まだら(ガラーノ)ども。人間を殺した夢でも見ながらな」

ついに完膚なきまでに打ち負かされたと悟って、船尾へもどり、裂けた舵棒の先が舵受けにはまるかをたしかめたところ、じゅうぶん舵をとれそうだった。粉袋をまた肩のまわりにあてがい、舟をもとの針路にもどす。軽快に進みはじめたが、なんの思いも感情も湧かなかった。すべてが過ぎ去ったいま、母港をめざして、なるべく巧みに、なるべく知恵を使って舟を走らせるだけだった。夜中にサメたちが魚の残骸(ざんがい)を襲ってきたが、テーブルに残ったパン屑(くず)を拾い集めるも同然だった。老人はそれにいっさいかまわず、舵とり以外のことには目もくれなかった。横づけされた重荷を失って、舟があまりにも軽やかに調子よく進んでいくことだけを感じていた。

舟はだいじょうぶだ、と思った。不調も傷みもなく、やられたのは舵棒だけだ。それは取り替えもたやすい。

すでに潮流のなかにはいったと感じられ、海岸沿いの集落の明かりがいくつも見えた。いまの自分の位置もわかったので、あとは苦もなく帰港できる。

ともあれ、風はおれたちの仲間だ、と思った。つづいて、場合によるが、と付け加えた。そして、大いなる海には仲間も敵もいる。それに、ベッドも。ベッドも仲間だ。ベッドこそ仲間だ。ベッドはすばらしい。打ち負かされてしまえば気楽なものだ、と思った。こんなにも気楽だとはじめて知った。では、おまえは何に打ち負かされたのか。

「何にも負けていない」老人は声に出して言った。「遠くへ行きすぎただけだ」

小さな港に舟ではいっていくと、〈テラス〉の明かりは消えていて、だれもが寝入っているのがわかった。風はずっと勢いを増していたが、いまは強く吹き荒れている。とはいえ、湾内は穏やかなので、岩場の下の小さな砂利浜に舟を寄せた。手伝ってくれる者がいないため、できるだけ浜の上のほうまで乗りあげた。それから舟をおりて、岩にくくりつけた。

マストをはずし、帆を巻きつけて紐で結んだ。それから、マストを肩にかついで坂をのぼりはじめる。どれほど疲れているかを自覚したのはそのときだった。しばし立ち止まって振り返ると、通りの明かりに照らされた魚の大きな尾びれが船尾の向こうで立っていた。むき出しになった背骨の白い線と、嘴が突き出た黒い頭の塊が目にはいったが、そのあいだには何もなかった。

またのぼりはじめたが、坂の上で倒れ、肩にマストをかついだまましばらく横になった。立ちあがろうとした。しかしどうにもならず、マストを背負った恰好(かっこう)でしゃがみこみ、道へ目をやった。なんの用があるのか、一匹の猫が道の向こう側を横切っていき、老人はそれを見守った。そのあとは、ただ道をながめていた。ようやくマストを肩からおろし、立ちあがった。マストをつかんで肩にかつぎ、道を進んでいく。五回すわりこんだあと、なんとか自分の小屋にたどり着いた。

小屋にはいると、マストを壁に立てかけた。暗がりで水のはいった瓶を見つけ、ひと口飲む。それからベッドに横たわった。毛布を肩まで引きあげ、背中と脚にもかけたあと、新聞紙の上にうつ伏せになって両腕をまっすぐ伸ばし、手のひらを上に向けて眠りに就いた。

朝、若者が戸口からのぞくと、老人は寝入っていた。風が強くて釣り舟は出そうもなかったので、この日は遅くまで寝ていたが、その後いつもの朝と同じように老人の小屋を訪れたのだった。老人が息をしているのを見て、それから老人の両手を見て、若者は泣きだした。コーヒーを持ってこようと、そっと外へ出て歩きはじめ、坂をくだっているあいだもずっと泣いていた。

老人の舟のまわりに漁師たちがおおぜい集まり、横にくくりつけられたものをながめていた。ひとりはズボンをたくしあげて水のなかにはいり、何かの紐で残骸の全長を測っている。

若者はおりていかなかった。すでにそこへ行っていたし、自分の代わりに舟の様子を見てくれている漁師もいる。

「じいさんはどんな具合だ」漁師のひとりが声をあげた。

「寝てるよ」若者は大声で言った。泣いているのを見られてもかまわなかった。「起こさないでやってくれ」

「鼻先から尻尾（しっぽ）までで十八フィートだ」長さを測っていた漁師が声を張りあげた。

「だろうね」若者は言った。

〈テラス〉へはいり、コーヒーを缶に入れてもらう。

「熱いやつで、ミルクと砂糖をたっぷり入れて」

「ほかには？」

「それだけでいい。何を食えるか、あとで訊（き）いてみる」

「たいした魚だよ」店主が言った。「あんな魚は見たことがない。おまえがきのう釣りあげた二匹も立派だったが」

「ぼくのなんか、どうでもいいさ」若者はそう言って、また泣きだした。

「何か飲むか」店主は尋ねた。

「要らない」若者は言った。「サンティアーゴをそっとしておくように、みんなに言ってくれよ。また来る」

「じいさんに、ほんとうに残念だったなと伝えてくれ」

「ありがとう」若者は言った。

若者は熱いコーヒーのはいった缶を小屋へ運び、老人が目を覚ますまでそばにすわっていた。一度、目覚めそうになった。しかし、また深い眠りに落ち、若者は道の向こう側へ行って、コーヒーをあたためなおせるように薪を少し借りた。

ようやく老人が目を覚ました。

「寝たままでいいさ」若者は言った。「これを飲んで」コーヒーを少しグラスに注いだ。

老人はグラスを受けとって飲んだ。

「やられたよ、マノーリン」老人は言った。「こっぴどくやられた」

「あいつにやられたわけじゃないよね。あの魚に」

「あいつじゃない。それはそうだ。やられたのはそのあとだ」

「ペドリコが舟と道具を見てくれてる。魚の頭はどうすればいい？」

「ペドリコに切り落としてもらって、漁の仕掛けにでも使えばいい」

「あの槍(やり)みたいなのは？」

「ほしかったら、おまえがとっておけ」

「ほしいよ」若者は言った。「まずは、これからのことをいろいろと相談しなきゃ」

「おれの捜索はしていたのか」

「もちろんだよ。沿岸警備隊や飛行機でね」

「海はあんなにでかくて、舟のほうは小さいから、見つけるのはむずかしいさ」老人は言った。自分自身や海に向かって話すのではなく、相手がいるのは、なんと楽しいことかと思った。「おまえが恋しかったよ」老人は言った。「漁はどうだったんだ」

「初日は一匹。二日目も一匹で、三日目は二匹」

「みごとだ」

「またいっしょに漁に出よう」

「いや。おれには運がない。すっかり見放された」

「そんなの、どうでもいい」若者が言った。「運なら、ぼくが持っていく」

「家の人たちはなんと言うだろうな」

「かまうもんか。きのう二匹釣ったんだから。でも、まだ教わりたいことがたくさんあるから、これからもいっしょに漁に出よう」

「とどめを刺せるいい銛（もり）を手に入れて、舟に常備しておかないとな。先の刃は古いフォード車の板バネから作ったらいい。グアナバコアの町で研いでくれるさ。刃は鋭いほうがいいが、折れるとまずいから、焼きは入れないほうがいい。おれのナイフは折れたよ」

「別のナイフを用意して、板バネも研いでもらうよ。このひどい東風（ブリザ）、あと何日つづくんだろう」

「たぶん三日。もっとかもしれない」

「ぼくが全部用意するよ」若者は言った。「じいちゃんは手を治してくれ」

「こいつの治し方ならわかっている。それより、夜に変なものを吐いて、胸のなかのどこかが破れた感じがしたんだ」

「それも治さなきゃね」若者は言った。「横になっててくれ、じいちゃん、きれいなシャツを持ってくるから。あと、何か食べ物も」

「どの日のやつでもいいから、留守中の新聞を持ってきてくれないか」老人は言った。

「早くよくなってくれよ。教わりたいことがたくさんあるし、じいちゃんはなんでも教えられるんだから。大変だったんだろ？」

「うんとな」老人は言った。

「食べ物と新聞を持ってくる」若者は言った。「しっかり休めよ、じいちゃん。薬局で手に効きそうなやつをもらってくる」

「ペドリコに伝えてくれ、魚の頭をくれてやるって」

「わかった。忘れないよ」

若者は小屋を出て、磨り減った珊瑚岩の道をくだりながら、また泣いていた。

その日の午後、〈テラス〉に観光客の一団がいて、ひとりの女が海を見おろすと、ビールの空き缶やカマスの死体とともに、大きな尻尾のついた長く巨大な白い背骨が目にはいった。湾口の外ではどっしりとした海に東風が吹きつけていて、潮の動きに合わせてそれは上下に揺れていた。

「あれは何？」女は給仕に尋ね、潮に流されるのを待つだけの屑と化した大魚の長い背骨を指差した。

「ティブロンが」給仕はそう言ってから「いえ、サメが」と英語で言いなおした。何が起こったのかを説明するつもりだった。

「サメにあんなに立派できれいな形の尻尾があるなんて知らなかった」

「ぼくもだよ」連れの男が言った。

道をのぼった先の小屋では、老人がまた眠っていた。いまもうつ伏せのままで、若者がそばにすわって見守っている。老人はライオンの夢を見ていた。


（了）

訳者あとがき

奇跡の傑作。

二十世紀アメリカ文学の金字塔。

ピュリッツァー賞を受賞し、その後、作者はノーベル文学賞も受賞。

『老人と海』を評することばは、そんな輝かしいものばかりです。

しかし、中学生のころにはじめてこの作品を読んだとき、正直なところ、何がすぐれているのか、よくわかりませんでした。同じような経験をお持ちのかたもいらっしゃるかもしれません。全編の半分ぐらい、ただ老人が魚と格闘しているだけの話のどこがいったいおもしろいのか。わたしの場合は、小説より先に一九五八年版の映画を観たのですが、スペンサー・トレイシー演じる老人が小舟の上で顔をゆがめて釣縄を引く場面が延々とつづくばかりで、睡魔と闘うのに必死だった記憶があります。その後に小説を読んだときの印象も似たようなものでした。

けれども、それから少しずつヘミングウェイのほかの作品群に接し、作中の老人とさほど変わらない年齢となったいま、あらためてこの作品を隅々まで精読してみると、月並みではありますが、「奇跡の傑作」としか言いようがありません。ひとことで言えば、これは人生の縮図そのものです。もちろん、イエス・キリストの受難を思わせる描写が数か所に見られるのはたしかですし、作中のマカジキやサメが何かの象徴であるという深読みもいくらでも可能でしょうが、何よりも、人生の栄光と挫折が高い純度で凝縮された物語として、そして老雄から若き後継者への静かな継承の物語として、究極の完成形だと言えるでしょう。

そこでは、生きとし生けるものへの畏敬の念が随所に見られます。老人は年少の人間にも、魚にも、鳥にも、そして海にも、空にも、星にも、さらには自分の手や頭にさえも、愛情をこめて語りかけます。淘汰の原則に支配されざるをえない自然界のきびしい現実のなかで、他者への敬意をけっして失わない老人の力強い姿は神々しいとさえ言えます。

この作品を訳していて、何度も脳裏に浮かんだのは、動物記で知られるシートンの諸作、とりわけ「オオカミ王ロボ」と「サンドヒルの雄ジカ」でした。どちらも主人公が動物と命懸けの真剣勝負をしつつ、しだいに相手への敬意や愛情をいだいていく「生の賛歌」であり、構造がよく似ています。ヘミングウェイはシートンの諸作の愛読者だったので、かなりの影響を受けているはずです。『老人と海』が気に入ったかたは、ぜひシートンの諸作も読んでみてください。

ヘミングウェイの文体はよく、簡潔でハードボイルド調などと評されますが、少なくとも『老人と海』について言えば、それは半分程度しかあてはまりません。むしろ、緩急のバランス、あるいは外面の描写と内面の表出のバランスがとてもよい作品だと思います。ゆったりとした、ときに哲学的ですらある老人の内面の語りがあるからこそ、大魚やサメと闘う場面の引き締まった描写が際立つのです。

この作品のほかの魅力については、ヘミングウェイのすぐれた研究者であり、語学学習者向けの名著『ヘミングウェイで学ぶ英文法』の著者でもある倉林秀男（くらばやしひでお）先生のくわしい解説がこのあとに載っているので、ぜひそちらをお読みください。

以下には、今回の新訳をおこなうにあたって心がけたことを五つ書きます。あとへ行くほど重要な指針だと考えています。

1　固有名詞の表記

海外の作品の固有名詞をカタカナで表す場合、なるべく原音に近い表記を選ぶのが原則です。もちろん、百パーセント正確にはできませんし、カタカナではとうてい記せない場合もありますが、可能なかぎり近づけたいと考えています。

この作品の主人公のSantiagoという名前は、これまでの日本語訳ではたいがい「サンチャゴ」「サンチアゴ」「サンティアゴ」などと表記されてきましたが、今回の新訳では「サンティアーゴ」としました。

作品の舞台はキューバの漁村であり、使われているのはスペイン語なので、人物名や地名はスペイン語の発音に準じるのが原則です。スペイン語の読み方では、Santiagoのアクセントは後ろから三文字目のaにあります。「サンティアーゴ」としたのは、この表記なら「サンティアーゴ」と読むのが自然で、原音に最も近づくことができると判断したからです。最近の訳書では、小鳥遊（たかなし）書房から二〇二三年に刊行された島村法夫（しまむらのりお）訳でもこの表記が採用されています。

同様に、Manolinについてもこれまでは「マノリン」と「マノーリン」に割れていましたが、Manolinのアクセントは四文字目のoに来るので、「マノリン」ではなく「マノーリン」を選んだしだいです。ただし、英語圏ではおそらく二文字目のaを強く読む人が多いので、これがもともと英語で書かれた作品であることを考えると、「マノリン」表記にも一理あると考えています。

2　綱か、縄か

サンティアーゴが大魚を釣る際に引くものは、原文では line や rope や cord と書かれています。「糸」では何百ポンドもの大魚を引くと切れてしまうので、過去の訳書ではほとんどが「釣（り）綱」や「綱」と訳されてきました。

今回の訳で「釣縄」と「縄」を採用したのは、「直径が太めの鉛筆ほど」（30ページ）という記述があったからです。綱と縄のちがいは厳密なものではありませんが、「綱引き」と「縄跳び」を比べたとき、太めの鉛筆に近いのは縄だろうと判断して、今回の訳語を選びました。

3　口調

サンティアーゴやマノーリンは、本来ならスペイン語をしゃべっているはずですが、これはアメリカの作品なので、原文はごく一部の語を除いて英語です。サンティアーゴの口にする英語はごく標準的なもので、訛(なま)りも品のなさも老人っぽさもほとんど感じられません。ですから、日本語での台詞(せりふ)も必要以上にくだけた表現を使いませんでした。一人称は「おれ」を採用しましたが、本音を言えば「おれ」と「わたし」の中間ぐらいの言い方があれば使いたかったところです。

マノーリンについては、後述するように十八歳か十九歳ぐらいを想定していますが、幼いころからサンティアーゴとともに過ごしてきたので、少し甘えたような部分が残った話し方にしています。

4 the boy の年齢

原文の全編で the boy と呼ばれているマノーリンの年齢については、これまで研究者や愛好家のあいだで多くの議論が交わされてきました。日本ではずっと、the boy は「少年」と訳されてきましたが、二〇二二年に左右社から出た今村楯夫（いまむらたてお）訳が「若者」という訳語を採用しました。その解説には、「若者」を選んだ根拠が二十ページ余りにわたって詳述されているので、ぜひご一読ください。

わたしはおおむねこの今村説を支持しています。とりわけ、サンティアーゴの舟にある道具一式はとても子供の運べる重さではないこと、海上でサンティアーゴが何度も「あの子がここにいたらなあ」と口にするのは精神的な支えよりも力のある男手を求めているからにちがいないことが決定的な根拠です。

一方、マノーリンが子供であると主張する人たちは、作品の冒頭にあるように、親に依存して自分でいろいろ判断できないことや、仕事が終わったら野球をして遊ぶなど、子供っぽい描写が目立つことを根拠としてあげることが多いようです。マノーリンの年齢を決めうる最も重要な個所とされているのが、20ページにあるマノーリンのこのことばです。

「偉大なシスラーの父親は貧乏じゃなかった。ぼくぐらいの歳でもう大リーグの試合に出てたんだから」

"The great Sisler's father was never poor and he, the father, was playing in the big leagues when he was my age."

この一文で、最後のheはだれを指しているのか。the great Sisler's father（ジョージ）を指すなら、ジョージは大卒で大リーグ入りしているので、最後のmy ageは二十二歳となり、マノーリンは二十二歳以上です。一方、the great Sisler（息子のディック）を指すなら、ジョージはディックが十歳のときに引退したので、マノーリンは十歳以下と考えられます。

これについては、そもそも主格の代名詞が指すのは通常は直前の主語（この場合はhe, the father）ですから、前者の可能性がきわめて高いですし、文脈から考えて下限年齢（〜歳でもう選手だった）に言及するほうが自然ですから、二者択一ならば前者の二十二歳以上説に圧倒的に分があると思います。

ただ、こういう場合、かならずしもぴったりの年齢を指して発言するわけではないので、マノーリンが my age を「ぼくぐらいの歳」＝二十歳前後の意味で使った可能性もあります。二十歳より少し下であれば、親への依存心や子供っぽさが少し残っていてもおかしくありません。今回、十八、九歳ぐらいを想定して訳したのは、肉体の強靭さと心の幼さを併せ持つ年齢であろうと考えたからです。

英語の boy や girl は非常に意味範囲の広いことばです。サンティアーゴにとっては、幼いころから毎日いっしょに過ごしてきたマノーリンは、半分大人であっても、心のなかでは幼い子供なのかもしれません。一方のサンティアーゴを指す the old man ということばも、日本語の「老人」よりもずっと幅広く、単に「父親」という意味で使われることもよくあります。おそらく、この作品では年齢よりも the old man と the boy の絆の深さ（事実上の父子であること）こそが重要なのでしょう。「少年」と訳すと、どうしても旧来のイメージで読まれてしまうので、今回の新訳では「若者」としましたが、「若者」と「少年」の中間、もしくは両者のニュアンスを兼ね具えた表現こそが最適なのかもしれません。

5 一文の長さ

ヘミングウェイは一文が短いという印象をお持ちの人が多いかもしれませんが、この『老人と海』ではかならずしもそうは言えません。大魚と格闘しているような「動」の場面では比較的短いのですが、老人の内省や大自然のあり方などを悠然と描く「静」の場面ではかなり一文が長く、ひとつの段落が一文だけで成り立っている個所もずいぶん多くあります。

その際、等位接続詞 and を五つも六つも重ねてつないでいくのがヘミングウェイの特徴であり、これを不用意につづけて訳すと、ともすれば幼い子供が書いたような平板な事実の羅列になりかねません。ヘミングウェイは微妙に意味や機能が異なる何種類もの and を（おそらくは無意識に）駆使して、独特のリズムと深みのある文章を紡ぎ出していて、それを日本語でどこまで忠実かつ自然に表現できるかというのが、今回の新訳の最も大きな難題でしたが、可能なかぎり文の切れ目を変えずにそれに取り組んでみました。読者のみなさんがどんなふうに感じてこの『老人と海』を読んでくださるのか、いまからとても楽しみです。

わたしがこの作品の新訳を手がけることになったのは、二〇二二年にＫＡＤＯ

ＫＡＷＡの編集者と別件で話していたとき、刊行されたばかりの今村楯夫先生の新訳の話題が出て、「そうそう、若者だよね」などと雑談を交わしたのがきっかけでした。その後、角川文庫で新訳をやってみませんかとお誘いが来て、わたしがどうにも荷が重いと躊躇していたところ、その編集者から「越前さんはちょうどいま、ヘミングウェイが死んだのと同じ歳なのだから、いまこそぜひ取り組むべきです」という、なんだかわけのわからない説得をされて、引き受けることになったのですが、いまとなってみれば、この歳になったからこそ奇跡の傑作を存分に堪能できたのですから、新訳を担当できてよかったと思っています。その編集者をはじめ、最高の機会を与えてくれたＫＡＤＯＫＡＷＡの関係者のみなさん、そして、この作品の魅力に隅々まで気づかせてくれた数多くのヘミングウェイ研究者や翻訳家のみなさんにこの場を借りてお礼を申しあげます。

二〇二三年十二月一日

越前敏弥

解説――ヘミングウェイのスタイル

倉林秀男（杏林大学外国語学部教授）

1 ヘミングウェイについて

アーネスト・ミラー・ヘミングウェイ（Ernest Miller Hemingway）は、一八九九年七月二一日にアメリカ合衆国イリノイ州オークパークで生まれます。地元オークパークの高校では、学内新聞の記事の執筆をします。ヘミングウェイはジャーナリスト、リング・ラードナー（Ring Lardner, 一八八五年―一九三三年）に憧れていたこともあり、その文体模写を行うほどでした。さらに、文芸部の雑誌に短編小説と詩を発表しています。十六歳の時に書いた短編「マニトゥーの裁き」（"Judgement of Manitou"）には、作家の片鱗を垣間見ることができます。

この物語は、ピエールが自分の財布を盗んだのは相棒のディックだと思い込み、彼を懲らしめようと森の入り口に罠を仕掛けるところから始まります。ディックは小屋を出て森へ向かいます。一方、小屋に残ったピエールは自分の財布を見つけ、自らの勘違いに気づきます。そこで、ピエールはライフルを手にし、ディックを追いかけ森へ向かうも、時すでに遅し。罠に掛かったディックはカラスにつまいばまれ、見るも無残な姿に。そしてピエールも、自分の仕掛けた罠にかかって身動きがとれず、持ってきたライフルを手にしようとするところで物語が終わります。この結末部分ですが、「ライフルに手を伸ばした」と結ばれて終わります。おそらく自ら死を選択しただろうと推測できますが、この描写だけでは、実際にライフルを手に取ったかどうかわかりません。そこで読者は、残された余韻から結末をたぐり寄せたいという衝動に駆られます。

こうした読後感を作りだす文体は、その後のヘミングウェイの作品のなかにも多く見受けられます。『老人と海』(*The Old Man and the Sea*) の結末も、精根尽きて、ライオンの夢を見ながら眠る老人の姿から、人生とはなんだろうという思いと同時に、余韻が残るのです。

高校卒業後、ヘミングウェイは一九一七年から一九一八年にかけて、新聞記者としてカンザスシティ・スター社で働きます。カンザスシティ・スター社には「文体心得」があり、ヘミングウェイもこの心得を学んだといわれています。

「文体心得」は次のように始まります。

Use short sentences. Use short first paragraphs. Use vigorous English.

(短い文を使いなさい。第一段落は短くしなさい。力強い英語を使いなさい)

こうした心得を学んだこともあり、ヘミングウェイの文体は短い文で構成されたハードボイルドだといわれることがあるのです。

ヘミングウェイは、第一次世界大戦に参戦した米軍に志願しますが、志願兵は二十歳からだったことや、左目の怪我があったこともあり断念します。十八歳で合衆国赤十字の傷病兵運搬車の運転手を志願、一九一八年、大戦中のミラノに入ります。そこで砲撃を受けて重傷を負い、ミラノのアメリカ赤十字病院に入院します。この病院で、七歳年上の看護師であるアグネス・フォン・クロースキー(Agnes von Kurowsky, 一八九二年―一九八四年)と恋に落ちるも、長くつづきませんでした。この時の経験に着想を得て、『武器よさらば』(*A Farewell to Arms*)が書かれました。

その後、一九二〇年からカナダのトロントで、トロント・スター社の記者として二百編ほどの記事を執筆します。一九二一年、二十二歳でハドリー・リチャードソン(Hadley Richardson, 一八九一年―一九七九年)と結婚。パリに渡り、ガートルード・スタイン（Gertrude Stein, 一八七四年―一九四六年）らと知り合い、本格的な創作活動へと入っていきました。

一九二三年に『三つの短編と十の詩』（*Three Stories and Ten Poems*）をパリで出版し作家としてデビューを果たしました。翌年トロント・スター社を退社し、作家としての道を歩みはじめました。

しかし、なかなか注目されなかったこともあり、『ヴァニティ・フェア』誌の編集部や『ニュー・リパブリック』誌の編集部の文芸欄で活躍していたエドマンド・ウィルソン（Edmund Wilson, 一八九五年―一九七二年）に次のような手紙を送りました。

『三つの短編と十の詩』をお送りします。まだアメリカでは書評は出ていないように思います。ガートルード・スタインは、書評を書いたことを知らせてくれたのですが、それが公になっているかどうか皆目見当がつきません。（中略）お送りした本がお眼鏡にかなうといいのですが。もしこの本がよいと思われましたら、どなたか書評を書いてくださる方を四、五人紹介いただければ幸いです。（一九二三年一一月一一日、エドマンド・ウィルソン宛ての書簡）

このように、ヘミングウェイは、積極的に自著を宣伝してもらえるように頼んでいたのです。

一九二四年に入ると、パリに腰を据え、『ワレラノ時代ニ』（*in our time*）を出版。翌年、アメリカで『われらの時代に』（*In Our Time*）を出版することで、その名は一気に広まっていきます。なお、この時期に『日はまた昇る』（*The Sun Also Rises*）に着手し、翌一九二六年に出版。以降次々と作品を発表します。一九二七年に第二の短編小説集『女のいない男たち』（*Men Without Women*）を出版しました。

そしてこの年、ハドリーと離婚し、『ヴォーグ』（*Vogue*）誌の記者ポーリン・ファイファー（Pauline Pfeiffer, 一八九五年―一九五一年）と結婚。一九二九年に『武器よさらば』を出版。一九三二年にはエッセイ『午後の死』（*Death in the Afternoon*）を出版。一九三三年には第三の短編集として『勝者には何もやるな』（*Winner Take Nothing*）を出版。一九三五年にはアフリカ旅行の回想記として『アフリカの緑の丘』（*Green Hills of Africa*）を出版。一九三六年に短編「キリマンジャロの雪」（"The Snows of Kilimanjaro"）、「フランシス・マカンバーの短い幸福な生涯」（"The Short Happy Life of Francis Macomber"）を雑誌に発表。一九三七年に『持つと持たぬと』（*To Have and Have Not*）、一九三八年には短編をまとめたものとして『第五列と最初の四十九の短編』（*The Fifth Column and the First Forty-Nine Stories*）を発表した。一九四〇年には『誰がために鐘は鳴る』（*For Whom the Bell Tolls*）を出版。この年にポーリンと離婚し、マーサ・ゲルホーン（Martha Gellhorn, 一九〇八年―一九九八年）と結婚。一九四五年にマーサと離婚し、一九四六年にはメアリー・ウェルシュ（Mary Welsh, 一九〇八年―一九八六年）と結婚。一九五〇年に『河を渡って木立の中へ』（*Across the River and into the Trees*）出版。

一九五二年に『老人と海』を出版。一九五三年ピュリッツァー賞を受賞。一九五四年には「近年に発表された『老人と海』に代表される、卓抜なる物語芸術と、今日のスタイルに及ぼした影響に対して」という理由でノーベル文学賞を受賞します。

それから七年後の一九六一年七月二日に、自らの手で六十二年の生涯を閉じることとなったのです。

2 「氷山理論」

生前最後の出版となった『老人と海』を見てみることにしましょう。

老練の漁師であるサンティアーゴは不漁の日が八十四日間もつづいていましたが、あきらめることなく、八十五日目も漁に出かけています。不漁がつづくということは、その間の収入が途絶え、生活は苦しくなるばかりです。この生活の苦しさがところどころにさりげなく描写に加えられています。サンティアーゴがマノーリンからビールをおごってもらったり、漁に使う餌をもらったりしたときに発する「感謝するよ」といった言葉から、惨めな老人の姿を感じ取る読者もいるかもしれません。また、マノーリンから「投網を借りてもいいかな」と聞かれたときに、すでに売ってしまって手元にはなかったにも拘わらず「もちろん」と答えるサンティアーゴの姿は、どのように映るでしょうか。食事の話になったときに、鍋にライスが入っていないことをマノーリンが知っているにも拘わらず「鍋に魚入りのイエローライスがある」からあとで（食べる）と答えるサンティアーゴの姿から、伝わってくるものがあるでしょう。ひょっとしたらサンティアーゴの漁師としてのプライドかもしれません。

ヘミングウェイの文体を語る上で重要な理論があります。それが「氷山理論」です。ヘミングウェイの「氷山理論」について簡単に紹介します。

ヘミングウェイは『午後の死』において「散文の書き手は、自分が書いていることについて、自分が十分に知っていることを省いてもかまわない。書き手が真実に忠実に書けば、読者は書き手が明示したかのようにそれらのことを強く感じ取ることができる。氷山の威厳は、氷山の動きの威厳は、水面上にあるのはその八分の一だけだからだ。知らないことを省く書き手は、文章に穴を開けてしまう」と創作態度を示しています。

なにげない情景描写や、登場人物の発する短い言葉だけで、その背後にあるものまで読み取ることができるのも、ヘミングウェイ作品の特徴の一つであるといってよいでしょう。

3　「静と動」

『老人と海』では、メキシコ湾流に小舟を浮かべるサンティアーゴの描写を通し、「静と動」そして「老い」が描きだされます。

朝日が昇り、小舟から釣縄を垂らし、暗い海中に垂れている縄をじっと見守っている。戦いに挑む前の時が静かに流れています。サンティアーゴは不漁がつづいていても、プロの漁師としての振る舞いを忘れてはいません。餌をつけた縄を誰よりも垂直に、正確に保ちつづけるのです。八十四日間も不漁つづきであっても、あきらめることなく、プロとしての意識を保つ気高さが見て取れます。静かに相手がやってくるのを待ちつづけるわけです。

サンティアーゴは鳥たちが旋回していることに気づき、そちらに向かってゆっくり舟を漕いでいきます。鳥たちはさらに高く舞い上がり、翼を動かさずに旋回し、そして急降下する。獲物をとらえる鳥の様子は、まさしく静から動へと一気に動きだす描写になっています。

急降下の様子が際立つには、その前にある「静」の描写が重要になってきます。遊園地のジェットコースターがドキドキするのは、じわりじわりと上昇し、一瞬停止したかと思えば、急降下するからです。お化け屋敷でも、なにもない静かなところから突然お化けが出てくると、心拍数が一気に上昇する。こうした私たちの日常の経験があるからこそ、静寂が破られる場面で、速度を感じることができるのです。静と動、いわゆる緩急をつけた描写が物語に起伏をつけているのです。

垂らしていた縄に引きがあった時から物語が動きはじめます。ジェットコースターがゆっくり動きだした感じです。そして、じっと待っていたその時に、激しい引きが来ます。縄がみるみる滑り出ていく。ここでも静から動へと一気に動きだす描写に変わっていきます。

4　ヘミングウェイのスタイル

初期の短編集においてヘミングウェイは、修飾語を極力排し、登場人物の行動描写で物語を進行させることが多くありました。これを、ヘミングウェイのハードボイルドスタイルと称することもあります。剛速球でストレート勝負の若かりしエースの姿です。

やがて往年の剛速球はなりを潜め、緩急を織り交ぜた投球スタイルになってくるのが『老人と海』なのです。登場人物の内面描写が限定的であった初期短編集と比べると、『老人と海』では、サンティアーゴが舟の上で発する独り言や内的独白を通じて、読者である私たちは彼の内面を知ることができます。こうしたスタイルの変化が多くの読者を惹きつけ、その結果として、本作が掲載された雑誌が五百万部以上も飛ぶように売れたとも考えられます。これはもはやヘミングウェイのスタイルについて、感情を極力抑えて描くマッチョなハードボイルド言説が当てはまらない作品だと評価できるかもしれません。

先にふれた、サンティアーゴが垂直に縄を垂らしている場面の描写を、英語の原文とともに見てみましょう。

But, he thought, I keep them with precision. Only I have no luck any more. But who knows? Maybe today. Every day is a new day. It is better to be lucky. But I would rather be exact. Then when luck comes you are ready.
（だが、自分はそれらを正確な場所に保てる、と思った。ずっと運がないだけだ。とはいえ、先のことはわからない。きょうにも幸運が訪れるかもしれない。毎日が新しい日だ。運に恵まれるに越したことはない。しかし、とにかく事を正確に進めることだ。そうすれば、運が向いたときに準備が整っている）

文の主語に注目してみます。But, he thought, ...と、「彼」が文の主語になっています。これは三人称小説における地の文の一般的な描写技法です。しかし、その後はI keep them with precision やOnly I have no luck…と、主語が一人称代名詞のIに変わります。英語で書かれた小説の規則なのですが、このように三人称小説の地の文に一人称代名詞を用いることで、登場人物の思考内容を表すことができるのです。But who knows? Maybe today. で、不運つづきのなかで自問自答しながら、やがて来る幸運を待ちつづけているサンティアーゴの姿を見事に描きだしているといえるでしょう。こうして、私たちはサンティアーゴが何を見て、何を思い、どう感じていたのかについて知ることができます。これは、サンティアーゴの思考を前面に押し出し、行動ではなく心理状態を描くという、初期のヘミングウェイスタイルとは異なった描写技法になっているのです。

Every day is a new day. It is better to be lucky. But I would rather be exact. Then when luck comes you are ready. とつづく文章をみてみましょう。

このIt is better to be lucky. とI would rather be exact. は、I'd rather be lucky than good.（努力した成功よりも、幸運のほうがいいね）という表現が下敷きになっていると思われます。これは、ヤンキースの投手のレフティ・ゴメスがインタビューの際に言っていたものです。ヘミングウェイはこのフレーズを意識していたに違いありません（ちなみにゴメスは、一九三四年にベーブ・ルースとともに日米野球のため来日し大活躍しました)。サンティアーゴは、もちろん幸運によってもたらされる成功もいいとは思いながらも、やはり、正確にきっちりやるほうがいいと考えているのです。

5 老いをどう描くか

サンティアーゴは、不屈の精神でサメに立ち向かっていました。

『『人間は負けるようにはできていない』老人は言った。『叩(たた)きのめされることはあっても、負けはしない』』

そして、極限状態を乗り切ろうと、自らを鼓舞するのです。

『『闘うさ』老人は言った。『おれは死ぬまで闘う』』

このように、「闘う」と、「死ぬまで闘う」を反復させています。

大きなカジキを仕留めるのに三日かかり、そのカジキを狙ってやってきたサメとの闘いで疲弊し、死ぬまで闘い抜こうという気力がなくなっていきます。オールの先にナイフをくりつけ、襲ってくるサメを撃退していました。しかし、そのナイフも折れてしまい、使い物にならなくなっています。夕暮れにやってきたサメは、残っていた棍棒を使い、叩いてなんとか追いやることができました。

「ようやく終わる、と思った。あいつらはまた襲ってくるだろう。しかし、闇のなかで武器ひとつ持たない人間が、やつらを相手に何をできるというのか。体がこわばってうずき、傷口や全身の無理をした部分が夜の寒さでひどく痛む。もう一度闘うのは勘弁してもらいたい、と思った。もう一度闘うなんて、とんでもない」

サメとの連戦をなんとか切り抜けたサンティアーゴですが、すでに疲労は極限に達し、かなり弱気になっている状態がこの場面からうかがえます。疲弊し、これ以上闘う力は残っていない。もうダメなのかも知れない。そんな様子が「もう一度闘うなんて、とんでもない」ということばから伝わってきます。

「闇のなかで武器ひとつ持たない人間が、やつらを相手に何をできるというのか」という修辞疑問文は彼の正直な気持ちで、敗北が目の前に迫っていることを感じているのでしょう。武器すら持たない状況で、どのように闘うのか、闘うことなんてできないと、そういった悲壮な声が聞こえてきます。やれることはもう残されていない、一人舟の上で自分の無力さを痛感しているのです。

そして、「体がこわばってうずき、傷口や全身の無理をした部分が夜の寒さでひどく痛む」とつづきます。これ以上闘うことができないほどの満身創痍であり、極限状態であることが語られるのです。これまで、どんなことがあっても闘い抜くという気持ちを持っていたサンティアーゴですが、弱音が顔を出してきます。こうした「人間らしさ」に読者は惹かれていくのかも知れません。

やがて、サメが群れをなして襲ってきます。棍棒で応戦するも、それも手から離れてしまい、最後は舵棒を手にして闘います。それでも、サメは次々にカジキの肉に食らいついていきます。

一匹のサメが、カジキの頭部に食らいつきます。

「とうとう一匹が魚の頭に食らいつき、すべて終わりか、と老人は悟った」

このサメとの最後の闘いで、「思い」が「確信」に変わった瞬間です。彼の「すべて終わりか」という認識は、この後につづく「ついに完膚なきまでに打ち負かされたと悟って」という語りで明らかになります。

打ちのめされ、悲壮感を背負った孤高の老人の心の深淵をのぞき、読者はどう感応するだろうかという問いが投げかけられている場面のようにも思えてきます。

主要参考文献

Bruccoli, Matthew Joseph, editor. *Ernest Hemingway's Apprenticeship*. Bruccoli-Clark Layman, 1972.

Hemingway, Ernest. *A Moveable Feast*. Scribner's, 1964.

—. *The Complete Short Stories of Ernest Hemingway: The Finca Vigía Edition*. Simon and Schuster, 1998.

—. *Ernest Hemingway: Selected Letters, 1917–1961*. Edited by Carlos Baker, Scribner's, 1981.

—. *The Old Man and the Sea*. Charles Scribner's Sons, 1952.

今村楯夫・島村法夫監修『ヘミングウェイ大事典』（勉誠出版、二〇一二年）

倉林秀男『言語学から文学作品を見る　ヘミングウェイの文体に迫る』（開拓社、二〇一八年）

倉林秀男・今村楯夫『ヘミングウェイで学ぶ英文法2』（アスク出版、二〇一九年）

島村法夫『ヘミングウェイ　人と文学』（勉誠出版、二〇〇五年）

前田一平『若きヘミングウェイ　生と性の模索』（南雲堂、二〇〇九年）

ヘミングウェイ年譜

一八九九年　七月二一日、アメリカ合衆国イリノイ州シカゴ郊外のオークパークにて、外科医の父と音楽家の母の間に、アーネスト・ヘミングウェイ生まれる。

一九〇二年　三歳ではじめて釣りに連れていかれる。

一九〇五年　六歳になり、九月、一歳年上の姉マーセリーンとともに小学校に入学。

一九一三年　六月、小学校を卒業。

九月、十四歳で、姉マーセリーンとともにオークパーク・リヴァーフォレスト高校に入学。

一九一六年　一月、学内新聞『トラピーズ』に記事を発表しはじめる。卒業するまでに三十九本の記事を発表。ほかにもフットボール部、ハイキング部、水泳部などに所属。

二月、学内の文芸誌『タビュラ』に、はじめての短編小説「**マニトゥーの裁き**」を発表する（十六歳）。

一九一七年　四月、アメリカ合衆国が第一次世界大戦に参戦。

六月、姉マーセリーンとともに高校卒業。兵役を志願するが断念。

九月、十八歳で、ミズーリ州の新聞『カンザスシティ・スター』紙の見習い記者として入社。「文体心得」を学ぶ。


一九一八年　一月、見習い記者をつづけながら、第七ミズーリ歩兵連隊に入隊。

四月、カンザスシティ・スター社を退職。合衆国赤十字社の傷病兵運搬車の運転手を志願。

六月、イタリア着。

七月八日、オーストリア軍の迫撃砲弾を受け、脚部に重傷を負う。ミラノのアメリカ赤十字病院に入院。この病院で、七歳年上の看護師アグネス・フォン・クロースキーと出会い、恋に落ちる。このときの体験が『**武器よさらば**』の下地となる。

一九一九年　一月、イタリアを発ち、故郷オークパークに帰還（十九歳）。
三月、アグネスより絶縁の手紙が届く。

一九二〇年　一月、カナダのトロントで、『トロント・スター』紙のフリーランス記者になる（二十歳）。

一九二一年　一〇月、八歳年上のハドリー・リチャードソンと出会い、恋に落ちる。
九月、二十二歳で、ハドリーと結婚。

一九二二年　一二月、ハドリーとともにパリへ移住、『トロント・スター』紙の記者をしながら、本格的な文学修業を始める。

一九二三年　三月、アメリカの文豪シャーウッド・アンダーソンの紹介状を持って、パリ在住の作家ガートルード・スタイン、詩人エズラ・パウンドと会う。
八月、二十四歳のとき、パリではじめての作品集『**三つの短編と十の詩**』を出版し、作家デビューを果たす。しかしなかなか注目されず、エドマンド・ウィルソンらに書評を依頼。
一〇月、長男ジョン誕生。

一九二四年　一月、創作に専念することを決意し、トロント・スター社を退職。
四月、短編集パリ版『**ワレラノ時代ニ**』を出版。

一九二五年　三月、『ヴォーグ』誌の記者ポーリン・ファイファーと出会う。
四月、『グレード・ギャツビー』の著者F・スコット・フィッツジェラルドと会う。
一〇月、アメリカ版『**われらの時代に**』出版。ヘミングウェイの名が知られるようになる。

一九二六年　一〇月、『**日はまた昇る**』出版。

一九二七年　四月、ハドリーと正式に離婚。

五月、二十七歳でポーリンと再婚。

一〇月、第二の短編集『**女のいない男たち**』出版。

一九二八年　四月、パリを去り、フロリダ州キーウェストに移る。

六月、二十八歳のとき、次男パトリック誕生。

一二月、父クラレンスがピストル自殺する。

一九二九年　九月、『**武器よさらば**』出版、ヒット作となる。

一〇月、ウォール街で株価が大暴落、世界恐慌のはじまりとなる。

一九三〇年　一一月、モンタナ州で交通事故を起こし、右腕骨折で入院する。

一九三一年　四月、ポーリンの叔父の援助により、キーウェストに家を購入。

一一月、三十二歳のとき、三男グレゴリー誕生。

一九三二年　九月、エッセイ『**午後の死**』出版。

一九三三年　一〇月、第三の短編集『**勝者には何もやるな**』出版。

一九三四年　一月、アフリカでサファリ中、アメーバ赤痢にかかり、ナイロビで入院。

五月、自家用釣り船ピラール号を購入する。

一九三五年 一〇月、アフリカ旅行の回想記『**アフリカの緑の丘**』出版。

一九三六年 七月、スペイン内戦が勃発。
八月、『エスクァイア』誌に、短編「**キリマンジャロの雪**」を発表。
九月、『コスモポリタン』誌に、短編「**フランシス・マカンバーの短い幸福な生涯**」を発表。
一二月、キーウェストで、女流作家マーサ・ゲルホーンと出会う。

一九三七年 一月、北米新聞連盟（NANA）とスペイン内戦報道の契約を結び、三月、記者としてスペインへ。
九月、特派員としてスペインに入ったマーサと行動を共にするようになる。
一〇月、『**持つと持たぬと**』出版。

一九三八年 一〇月、短編をまとめたものとして『**第五列と最初の四十九の短編**』出版。

一九三九年 四月、キューバのハバナ郊外でフィンカ・ビヒア邸を賃借する。
九月、第二次世界大戦勃発。

一九四〇年 一〇月、『**誰がために鐘は鳴る**』出版。
一一月、ポーリンとの離婚が成立。同月、マーサと結婚（四十一歳）。

一九四一年　二月、ハバナのフィンカ・ビヒア邸を購入し、キューバに移住する。
　二月〜五月、マーサとともに、特派員として中国情勢を視察する。
　四月、重慶で蔣介石夫妻と面会。周恩来とも会談。

一九四二年　六月、ピラール号で、キューバ海域の対独潜水艦諜報活動をはじめる。

一九四三年　マーサとの結婚生活は悪化の一途をたどる。

一九四四年　五月、『コリアーズ』誌の特派員としてロンドンへ。後に四番目の妻となるメアリー・ウェルシュと出会う。自動車事故で入院。
　六月、連合軍によるノルマンディー上陸作戦を、洋上より目撃。
　八月、パリ解放に向けて、パルチザンの兵士とともに進攻に参加する。

一九四五年　三月、キューバへ戻る。
　五月、ドイツ降伏。八月、日本降伏。これにより第二次世界大戦が終了。
　一二月、マーサと離婚する。

一九四六年　三月、メアリーとキューバで挙式（四十六歳）。

一九四八年　九月、メアリーとともにイタリアへ。
　一二月、十八歳のアドリアーナ・イヴァンチッチと出会い、恋心を抱く。

一九五〇年　九月、アドリアーナがヒロインのモデルの『**河を渡って木立の中へ**』出版。

一九五一年　二月、五十歳のとき、『**老人と海**』の草稿を完成させる。
一九五二年　六月、母グレースが、テネシー州メンフィスで死去。
九月一日、『ライフ』誌が『**老人と海**』を一挙掲載。大評判になる。
九月八日、『**老人と海**』の単行本発売。本のカバーは、物語の舞台となった漁村コヒマルをアドリアーナが描いた風景画だった。
一九五三年　五月、『**老人と海**』ピュリッツアー賞を受賞。
一九五四年　一月、アフリカで二度の飛行機事故に遭い、重傷を負う。
一〇月、『**老人と海**』ノーベル文学賞を受賞。体調不良のため授賞式を欠席。
一九五五年　事故の後遺症ほかにより、健康状態が悪化。
一九五八年　映画「**老人と海**」公開。
一九五九年　一月、キューバで革命政府が樹立。
ヘミングウェイは、アイダホ州ケッチャムに移住を決意。
一九六〇年　高血圧、肝臓肥大、神経症などが悪化し、ミネソタ州の病院に入院。
一九六一年　七月二日午前七時三十分、ケッチャムの自宅で猟銃自殺。

※主な参考文献／『ヘミングウェイ大事典』（勉誠出版、二〇一二年）

写真：AP／アフロ

老人と海

ヘミングウェイ　越前敏弥＝訳

令和6年 1月25日　初版発行

発行者●山下直久

発行●株式会社KADOKAWA
〒102-8177　東京都千代田区富士見2-13-3
電話　0570-002-301（ナビダイヤル）

角川文庫 24002

印刷所●株式会社暁印刷
製本所●本間製本株式会社

表紙画●和田三造

ISBN 978-4-04-113925-7　C0197

◇◇◇